ラストダンジョンへようこそ ③

周防ツカサ
イラスト:町村こもり

プロローグ

草木の少ない岩だらけの荒野《こうや》にその少女はいた。

漆黒《しっこく》のドレスを身にまとった彼女はトレードマークのウェーブがかった髪《かみ》の毛をなびかせながら目の前にそびえ立つ巨大《きょだい》な建造物《けんぞうぶつ》を見上げている。無《む》表情《ひょうじょう》で。思うところがないわけではない。喜怒《きど》哀楽《あいらく》があまり表に出ないタイプというだけで内心では実はほくそ笑んでいるのだ。

「おー、一晩《ひとばん》見ない間に建築《けんちく》進んだねー」

「……ん？」

少女の背後《はいご》に突然《とつぜん》気《け》配《はい》が現《あらわ》れた。

彼女と同年代くらいであろうその女の子は「いつもながら冷えるね、ここ」と言いながらパーカーのフードをかぶって身震《みぶる》いした。

「北の果てだから寒くて当然です。今の季節はまだ暖《あたた》かいほう」

「ユニスー。温め合おうよー」

「ちょ、何するの……っ」

パーカーの少女が背後《はいご》から抱《だ》きついてきた。

ユニス――

それが小柄《こがら》な少女の名前だった。

「あったかいよー」

そう言いながらパーカーの少女はユニスの背中《せなか》に顔を擦《こす》りつける。

彼女はユニスを誰《だれ》よりも愛していた。……もちろん友人としてである。

気に入った相手にはスキンシップを惜《お》しまない積極的な性格《せいかく》をしているのだ。

「もう……いい加減離《かげんはな》れてください」

「あとちょっとだけ」

「ちょっとってどのくらい？」

「日が沈《しず》むまで。あ、でも日が暮《く》れたらさらに寒くなるからやっぱり今日はずっとこのままで」

「……明日からは厚着《あつぎ》してきてくださいね」

ユニスは早々に折れた。基本的《きほんてき》に彼女は他人に対しては辛辣《しんらつ》な物言いをするが、このパーカーの少女に対してだけは優しかった。理由はいろいろあるが――

「でもさ、この城《しろ》が完成したらこうして外から見上げる必要はなくなるし、そうしたら厚着なんてしなくても平気だよね。この中ですごすことになるわけだし」

「……うん」

「ちなみに完成するのはいつごろになりそう？」

「建設会社《けんせつがいしゃ》が言うにはあと数日でほぼ仕上がると」

「それホント？　工事に入る前はもっとかかるみたいなこと言ってなかった？」

「予定は予定。天候に恵《めぐ》まれたこともあってスムーズに建築《けんちく》が進んだとのこと」

「ふーん」

パーカーの少女が上空を見上げる。

つられてユニスも視線《しせん》を真上に傾《かたむ》けた。

巨大《きょだい》な建築物――それは地球で言う中世ヨーロッパの城を思わせるデザインで。

だがその高さは同じく地球で言う高層《こうそう》ビルに匹敵《ひってき》するものがあった。

「……あと少し」

ユニスが城を見上げたままつぶやく。

喜怒哀楽《きどあいらく》の薄《うす》い少女だが……。

その表情には薄暗い感情が浮《う》かんでいた。

「これが完成すれば――ロレッタは終わりです……っ」

CASE1 臨時休業のお知らせ

ある日の防衛終了後《ぼうえいしゅうりょうご》――

いつものようにロレッタが淹《い》れてくれたお茶を飲んでいると、

「うん？ ロレッタ、何やってんの？」

気づくと、テーブルの上に大きな羊皮紙《ようひし》が広げられていた。

そしてロレッタの右手には羽ペンが握《にぎ》られている。

「これですか？ これはですね、告知用の張《は》り紙《がみ》です――」

そう言って羽ペンを走らせる銀髪《ぎんぱつ》の少女。

おお、なかなかの達筆。でも、なんて書いてあるんだろう？

おれは未《いま》だにこの世界の文字が読めないのだ。

さすがに勉強したほうがいいかなぁ……。

「え？ 臨時休業《りんじきゅうぎょう》のお知らせ……？」

おれの対面の席で優雅《ゆうが》に読書をしながらお茶を飲んでいた黒髪の少女――神宮寺理沙《しんぐうじりさ》が羊皮

紙に綴《つづ》られた文字を見るなり眉《まゆ》をひそめた。

臨時休業《りんじきゅうぎょう》のお知らせ？　そう書いてあるのか？

「あ、すみません。お二人には説明していませんでしたね。実は明後日《あさって》から地下迷宮《ちかめいきゅう》の大規模《だいきぼ》メンテナンスを予定していまして」

「へー、メンテナンス。この地下迷宮の？」

「はい。と言いましてもメインは『祭壇《さいだん》』のアップデートで、メンテナンスはついでです」

「『祭壇』のアップデート？」と今度は神宮寺《しんぐうじ》が疑問《ぎもん》を投げかける。

「魔界《まかい》のとある研究機関が『祭壇』の効果範囲《こうかはんい》を、地下迷宮の外に広げる技術《ぎじゅつ》を編《あ》み出したのですよ。つい先日、実用化の目処《めど》が立ったとのことで、さっそくアップデートしましょう、となりまして」

「おー！　それはすごい！」

「つまり『加護』と同じように遠く離《はな》れた場所で息絶《いきた》えても復活《ふっかつ》できるということね」

「はい、その通りです！」

ロレッタが嬉《うれ》しそうに何度も頷《うなず》く。

「たしか『加護』は一度死亡《しぼう》すると、もう一度かけ直す必要があるんだったよな？　こっちは一度『帰趨《きすう》の邪法《じゃほう》』で『祭壇』と結びつけてしまえば何度でも復活可能だから、今回のアップデートでついに『加護』の上をいくってことだな」

「そうなりますね！」とロレッタが微笑《ほほえ》み、「これで……新しいダンジョンを作ったとき、父が成し遂《と》げられなかったことを実現できそうです！」

「ん？　と言うと？」

嬉しそうに笑うロレッタにおれは訊《き》いた。

「えーっとですね、四天王のみなさんがそれぞれの拠点《きょてん》をかまえていたところ、当然ながらここと同じように『祭壇』が設置《せっち》されていたのですが、拠点の外に効果が及《およ》ばなかったため、せっかく周辺に広がる森を人間たちに魔の森と呼ばせることに成功したのに、『祭壇』がショボイから魔物を展開《てんかい》できないじゃないか！　と父が四天王の方に不満をぶつけられている姿《すがた》を幼《おさな》いころに目撃《もくげき》したことがありまして……」

「贅沢《ぜいたく》な悩《なや》みだなぁ。おれらは防衛《ぼうえい》するだけで精一杯《せいいっぱい》だってのに」

まあ当時は人間の世界にいくつも拠点をかまえていたみたいだから、こちらから打って出られない状況《じょうきょう》にやきもきしていたのかもしれない。

「ですが新しい『祭壇』があれば魔の森だろうとなんだろうと実現可能なのです！」

「うむ。たしかに夢が広がるな」

「とは言いましても、新しいダンジョンを作るためにはお金が必要ですし、同時に領土《りょうど》なども広げていかないと。それはまだまだ先のお話です」

「でも、『祭壇』のアップデートには思った以上に恩恵《おんけい》がありそうだね」

しかし、なんだ……。魔界の連中ってのは怠惰《たいだ》なヤツばかりだと思っていたが、中には研究熱心な魔族《まぞく》もいるんだなー。と言うかあれだな。現代の日本と同じで。やる気がないっていうかみんな平和ボケしてる感じだよな。戦うことを止め、自分たちそっくりの石像《せきぞう》を作り始めたガーゴイル族なんかがいい例だ。実用性とかまったく考えず『才能《さいのう》の無駄遣《むだづか》い』に走っている連中のほうが多数派《たすうは》って気がする。

「や、でもさ『臨時休業《りんじきゅうぎょう》のお知らせ』ってのはどうなの？　ラスダンはお店じゃないんだから。ってか、そもそも告知する必要あるの？」

「へ？　ですがちゃんと告知しないと冒険者《ぼうけんしゃ》のみなさんが混乱《こんらん》すると思いますし、えっと、メンテナンス中は入り口が地下に潜《もぐ》ってしまうのですよ」

「ああ。再構築《さいこうちく》が行われているときみたいに？」

「そうですそうです。ですからちゃんと告知しないと、再《ふた》び中に入れるようになったとき、あそこにはもう入れないから、と冒険者のみなさんに見放されてしまうかもです」

「大丈夫《だいじょうぶ》よ、ロレッタ」

神宮寺《しんぐうじ》は『見放される』にはツッコミを入れず、ロレッタの頭をなでる。

「告知なんてしなくても、時間が経《た》てばまた冒険者はやってくるようになるわ。多くの冒険者にとって地下迷宮《ちかめいきゅう》は攻略《こうりゃく》すべき最重要ダンジョンなのだから」

「そうだぞ、ロレッタ？　あいつらゴキブリみたいにしつこいからな。まあたぶんメンテナンス後、最初にやってくるのは加護《かご》中毒者の集いとかだと思うが」

「……う、う一ん、告知不要です……?」

「不要だよ」とおれは念を押《お》し、「あ、そういえばお金は？『祭壇《さいだん》』のアップデートとメンテナンスってことになるとそれなりの出費になるんじゃ？」

「その点は大丈夫です。お金は一切かかりませんから。なぜなら『祭壇』の研究所は父が生きていたころに一部の資産《しさん》を投入して創設《そうせつ》したものだからです」

「なるほど」と神宮寺が頷《うなず》いたあと、「ん、でもメンテナンスは別なんじゃない？」

「えっと、そうですね。ですがメンテナンスは——」


「五百年先までサポートしてくれるメンテナンスパックに入っているから問題ないっす！」


ヒュン——

そんな音がしてスライムさんが玉座《ぎょくざ》の間に姿《すがた》を現した。

長距離移動《ちょうきょりいどう》が可能になる使い捨《す》ての魔法の書を使って偵察《ていさつ》から戻《もど》ってきたらしい。

「へえ、メンテナンスパック。そんなものがあるの」

頷く神宮寺の隣《となり》でロレッタがテーブルの上の羊皮紙《ようひし》をくるくると丸めながら、

「大昔にメンテナンスパックに入ったとき、料金は前払《まえばら》いで渡《わた》したとのことですから、もちろん今回のメンテナンス代も不要です」

「じゃあ、お金の心配はまったくいらないわけだな」

「ですがメンテナンス期間中は再構築中《さいこうちくちゅう》とは違《ちが》ってこの玉座《ぎょくざ》の間や住居《じゅうきょ》などにも立ち入ることができなくなるので、十日間ほどここから立ち退《の》かなくてはなりません」

「あらら。中に入れないのは冒険者《ぼうけんしゃ》だけじゃないのか」

「じゃあ、その間、私たちはどうするの？」

「決まってるっす！　魔界《まかい》のリゾート地でバカンスっす！」

神宮寺《しんぐうじ》の質問《しつもん》に答えたのはスライムさんだった。

「お、いいねー、バカンス。毎日休みなく防衛《ぼうえい》防衛でみんな疲《つか》れてるだろうし、たまには身体《からだ》を休めるのもいいんじゃね？」

「えー、スライムさん、わたしは合宿を提案《ていあん》したはずですけど……？」

「バカンスも合宿も似《に》たようなものっす！」

「そうでしょうか……？」

「ロレッタ、合宿って具体的には何をするつもりなの？」と神宮寺。

「基本的《きほんてき》には各々《おのおの》自由に勉学に励《はげ》むなり、身体を鍛《きた》えるなりすればいいと思っています。バカンスもいいとは思うのですが、せっかく『祭壇《さいだん》』がアップデートするのですから、わたしたち自身もアップデートできればな、と」

「ふふ、ロレッタらしいわね。じゃ、私も合宿に一票投じようかしら」

「各々自由にということなら自分も文句《もんく》はないっす。好きにさせてもらうっす」

「遊ぶ気満々だろ、スライムさん……」

「安心してほしいっす。行き先は湖畔《こはん》にあるリゾート地らしいっすから、自分、水辺でスライム家に伝わるスキルの習得に励《はげ》むっす」

「「「「ウガアアアアアアア！」」」」

「ウホッ！　ウホッ！」

とここでウルフ軍団《ぐんだん》とゴーレムさんがやってきた。

両者共にやる気がみなぎっているようだが。

「ウルフ軍団とゴーレムも一緒《いっしょ》に腕《うで》を磨《みが》くと言ってるっす！　たぶん！」

「ま、戦闘要員《せんとうよういん》的には正しい合宿のあり方じゃねーの？」

「そうですね！」とロレッタが屈託《くったく》なく笑う。「では合宿に向けて準備《じゅんび》を整えましょう！」

「洋服に水着に……あー、自分枕《まくら》が変わると眠《ねむ》れないから、荷物が多くなりそうっす」

「おれと神宮寺は特にいらんか。こっちにいられる時間を考えると」

「まあそうね」

夢召喚《ゆめしょうかん》によってこちらの世界にやってくるのはだいたいお昼を回ったくらいの時間帯で、帰るのは日が沈《しず》む前後くらい。こちらにいられるのは六時間程度《ていど》――睡眠時間《すいみんじかん》とイコールである。

「あ、ラスダンの中に入れなくなるってことになると、前日までにはその魔界《まかい》のリゾート地とやらに移動《いどう》しておいたほうがいいな」

「うん？　なぜです、サトル先生？」

「だって夢召喚《ゆめしょうかん》って毎回、現実に戻《もど》る直前の位置情報が記録されるようになってんじゃん」

「ああ……」と察しのいい神宮寺《しんぐうじ》が頷《うなず》き、「メンテナンス中は玉座《ぎょくざ》の間や住居《じゅうきょ》にも入ることができないわけだから……当日に出入りするのはたしかに危険《きけん》かもしれないわね」

「だろ？　こっちに来て、『いしのなかにいる！』とかなったら超《ちょう》やばい」

メンテナンス中、この場所がどういう状態《じょうたい》にあるのかはわからないが、仮に元の構造《こうぞう》とは異《こと》なる状態だとすれば身動きの取れない空間に投げ出されることは十分ありえる。

「たしかに！　それでは明日、防衛《ぼうえい》が終わったらリゾート地に出発することにしましょう！」

「そうしよう」

おれが同意を示すと他のみんなも頷いた。

「んっと、あとお伝えしておかなければならないことは……」

ロレッタがスケジュール帳を開いたそのとき。

――ピロピロリーン。

たまに聞くメールの着信音がロレッタの魔法端末《まほうたんまつ》から流れた。

「わっと」

一旦《いったん》、スケジュール帳をテーブルの上に置き、メールを確認《かくにん》するロレッタ。

「えっと、一通は宿泊先《しゅくはくさき》のペンションの管理会社から、もう一通は……むむ、これは」

「ん、どうしたロレッタ？　変なメールでも届《とど》いた？」

「へ？　い、いえ……そういうわけではないのですが……」

ごにょごにょと口ごもる。珍《めずら》しい反応《はんのう》だ。ロレッタは気弱な一面があるものの、自分の意見はちゃんと言うタイプだし、隠《かく》しごとなどもしない――いや、できないタイプなのだが。

「……と、とにかく！　明日に向けて各自準備《じゅんび》をお願いします！」

あ、誤魔化《ごまか》した。なんだろ？　人に知られたくないものをネット通販《つうはん》してたとか、そういうのかな？　発送のメールだったのかもしれない。まあなんにしろ余計《よけい》な心配か。

「やー、旅行って無条件《むじょうけん》でワクワクするよなー」

「ですね！」

湖が広がるリゾート地という話だからみんなで泳いだり、バーベキューやったり、楽しい休暇《きゅうか》がすごせるんじゃないかなー。うん、実に楽しみだ。

†

そして当日――

ロレッタの案内で魔界《まかい》のリゾート地に向かった。

この日は移動《いどう》だけで合宿が本格的《ほんかくてき》に始動するのは明日から。

とりあえずペンションに着いたら、お茶でも飲んで今後の計画を立てるとするかな。

あ、そうだ。適当《てきとう》に外を散策してみようか？　それともいきなり泳いじゃうかー？

いやー、いいねー。リゾート地。やることがいっぱいあって——

「覇王《はおう》先生、この問題なのですが……」

「応用問題《おうようもんだい》ね。これは以前教えた公式を使うのだけれど」

…………って、おい。さっそく勉強って何考えてんの？　今日くらいゆっくりしようぜ？

「ちょっとちょっとキミたち……」

おれは勉学に励《はげ》むロレッタと家庭教師《かていきょうし》に徹《てっ》する神宮寺《しんぐうじ》に冷ややかな視線《しせん》を浴《あ》びせた。

広々としたリビングには高そうな応接《おうせつ》セットや各種調度品が高級ホテルのスイートルームのように無駄《むだ》なく配置されている。だがこれらは勉強に励むために用意されたものではなく、日ごろの疲《つか》れを癒《い》やすため、くつろぐための家具なはずだ。

「なあ、ロレッタ。合宿は明日からって話だったと思うんだけど？」

「うーん……。それはそうなのですが、事前に決めたスケジュールをこなすためには今から頑《がん》張《ば》らなくてはならないので……」

「や、でも、リゾート地に来るなりいきなり勉強って……。今日くらいみんなで遊んでもバチは当たらないと思うんだが」

「キミの好きにしたらいいんじゃない？」とここで神宮寺が会話に割《わ》り込《こ》んできた。「今回の合宿は『各々《おのおの》好きなようにスキルを磨《みが》く』がコンセプトでしょう？　ロレッタが何をしようと自由のはずだし、キミの意見を聞き入れる必要はないはずよ」

「や、だから今日は移動だけで、合宿は明日からだって……」

「というかキミ、外で遊びたいだけなんじゃない？」

そう言って神宮寺が窓《まど》の外に視線を投じた。

「ひゃっほー！　水が気持ちいいっす！　生き返るようっす！」

「「「「ウガアアアアアアア！」」」」

「ウホッ！　ウホッ！　ウッホッホッ！」

開け放たれた出窓から風と一緒《いっしょ》にスライムさんたちが騒《さわ》ぐ声が舞《ま》い込んできた。

宿泊先のペンションは湖畔《こはん》を見渡せる丘の途中にあり、五十メートルも下れば今スライムさんたちがいる湖のほとりで水遊びを楽しむことができる。

「図星でしょう？」

「……ん、んなわけあるか」

「本当かしら？」

「……本当だっての」

おれは神宮寺《しんぐうじ》から目をそらし、窓《まど》の外ではしゃぐスライムさんたちを眺《なが》めた。

あ、ウルフ軍団泳《ぐんだんおよ》ぐのうめーな。全員背泳《せおよ》ぎで横に並《なら》んでいるのがなんともシュールだが、もしかしたらあれ新しいフォーメーションの特訓か？　でも地下迷宮《ちかめいきゅう》の日替《ひが》わりダンジョンに水中ダンジョンなんてなかった気がするが……。まあ遊んでるだけかもな。

一方、人間の女の子の姿《すがた》に変身中のスライムさんはワンピースタイプの水着を着用しており、同じく水着姿のゴーレムさん（こちらもシュールだ）と水の掛《か》け合いをしている。超《ちょう》楽しそう。おれも混《ま》ざりてーなー。……うん、神宮寺の言う通り。図星なんだ。でもさ、リゾート地だぞ、リゾート地。遊ばなきゃ損《そん》だって。

「サトル先生？　わたしのことなど気にせず、遊んできていいのですよ？」

「……え」

「わたしはノルマを終わらせてからにします」

「……や、でも」

ロレッタが勉強に励《はげ》む中、自分だけ楽しむなんて……。

「成宮《なるみや》君、知ってる？　来週から中間テストが始まるのよ？」

「………そんな現実思い出したくなかった」

「私はロレッタに付き合って勉強するけれど、キミはどうする？」

ふふん、と楽しそうに笑いながらロレッタの隣《となり》に腰《こし》を下ろす神宮寺。

くっ、こいつなんて卑怯《ひきょう》なヤツなんだ！

ロレッタをダシにしておれにテスト勉強を強制《きょうせい》するとは！

「で、でも……おれ教科書とか持ってないし」

「大丈夫《だいじょうぶ》。教科書は私の頭の中にあるわ。今回の中間テストで覚えておくべき要点なども頭に入っているし、なんならキミに問題を提示《ていじ》することもできるし」

「……………もうやだこの万能生徒会長」

こうしておれはテスト勉強を強《し》いられることに。

何が湖畔《こはん》のリゾート地だ。何がペンションだ。

これならラスダンで防衛《ぼうえい》やってるほうがずっと楽しいよ……。

†

「こっちだ！　回せ回せ！」

「誰《だれ》かそいつを止めろ！」

「シュートチャンスだぞ！　絶対《ぜったい》に決めろ！」

おれはグラウンドに響《ひび》き渡《わた》る男子の声を聞きつつ、目は女子の群《む》れに向ける。女子はグラウンドの隣にあるテニスコートで男子同様わいわいやっていた。

「みんな元気だねぇ」

おれはグラウンドとテニスコートを繋《つな》ぐ舗装《ほそう》された通路《つうろ》にいた。

近くに大きな銀杏《いちょう》の木が立っているため、ちょっと臭《にお》いが気になるが、テニスコートが上から見下ろせる絶好《ぜっこう》の場所なので我慢《がまん》である。

「またサボりなの？」

テニスコートを眺《なが》めていると、スコートを履《は》いた神宮寺《しんぐうじ》がラケットを片手《かたて》に現《あらわ》れた。

上は体操着で、さらにその上から赤いジャージを羽織《はお》っている。

「や、サボりじゃねえし。今日、男子も女子も体育教師《たいいくきょうし》不在《ふざい》じゃんか」

「でも男子はサッカーを女子はテニスをやるように、と言われているはずよ？」

「足、捻挫《ねんざ》してんだよ。だからおれサッカー無理」

「今朝《けさ》、遅刻《ちこく》ギリギリで教室に息を切らしながら駆《か》け込《こ》んできたのは誰《だれ》だったかしら？」

「……よく見てんな」

「やっぱり嘘《うそ》じゃない」

神宮寺がため息をつきながら銀杏の木に背中《せなか》から寄《よ》りかかる。風でふわっと白いスコートが浮《う》いたが、下にアンスコを履いていているようで、気にした素振《そぶ》りは見せなかった。

おいおい。アンスコだから恥ずかしくないもん、とでも言いたいわけか？　言っておくが、男のおれに言わせればアンスコも普通《ふつう》の下着もたいした違いないからな？　アンスコを履いた無防備《むぼうび》な女子は激《げき》エロである。これテストに出るから覚えておいて。

つーわけで、もう一度風吹《ふ》かないかな……。

神宮寺は性格《せいかく》のほうはアレだけど、スタイルは一級品だからな。

そういや、いつだったかうちのクラスの男子が神宮寺はジャージ姿《すがた》すら可愛《かわい》いとかほざいていたが――まあその意見には逆《さか》らえん。素材がいいヤツは何を着ても様《さま》になるからな。

……しかし、あっちでもこれくらい露出《ろしゅつ》の高い服を着てくれないもんかな。

具体的に言えば水着。そう水着である――

未《いま》だにロレッタも神宮寺も湖で泳ぐ気配がないんだよ。毎日勉強ばっかやってんの。合宿が始まってもう四日も経《た》ってるってのに。

うう、水着。ロレッタと神宮寺の水着姿が見たい……。

「成宮《なるみや》君、もうすぐ中間テストだけれど、調子のほうはどう？」

「……生徒会長様のスパルタのお陰《かげ》で赤点は回避《かいひ》できそうっすねー……」

「あら、それはよかったわ」

「…………ああ、早くテスト終わんねぇかな」

「中間テストが終わったら今度は学園祭が待っているわね。成宮君、放課後もちゃんと残るようにしなさいよ？　コスプレ喫茶《きっさ》を提案《ていあん》したのはキミなのだから」

そういやそうだった。ＬＨＲの時間におれが思いつきで口にしたアイデアがなぜか採用《さいよう》されてしまったんだよなぁ。おれはただ女騎士《おんなきし》だの覇王《はおう》だの言って、こいつをおちょくって遊んでただけなんだが。

「たしかに言い出しっぺはおれだが……。でも、おれにできることと言ったら、飾《かざ》りつけはどうするのかとか、どんなコスプレをするのかとか、そこらへんだぞ。肝心《かんじん》のお店で出すメニュー……ケーキなんかの洋菓子《ようがし》に関する知識《ちしき》はまったくないからな？　一応《いちおう》、料理は簡単《かんたん》なものなら作れるがお菓子作りは専門外《せんもんがい》だ」

「大丈夫《だいじょうぶ》よ。お菓子作りは女子がやるから」

「頼《たの》むわ。ま、神宮寺《しんぐうじ》にかかれば楽勝だろう。どうせ料理も得意なんだろ？　あ、でもお前、お嬢様《じょうさま》だから家じゃ料理とかしないか？」

「いえ……私は一人暮《ぐ》らしだから」

「あれそうなん？　でも一人暮らしってことなら当然自炊《じすい》やってるよな」

「……まあそれなりに」

「しかし、いいなー、一人暮らし。いいご身分ですなー」

お嬢様な神宮寺のことだからさぞ立派《りっぱ》なマンションで暮らしてんだろうなぁ。

「じゃあ、そろそろ戻《もど》るから」

「あ、ちょい待ち……」

呼《よ》び止めると、神宮寺がくるくると片手《かたて》で器用にラケットを回しながら「何？」と首を傾《かし》げた。

「相談と言うか、ちょっと訊《き》きたいんだが……最近のロレッタ、どう思う？」

「……そうね」

神宮寺がラケットを回すのを止めた。

おれの声色《こわいろ》から真面目な話だってことを悟《さと》ったようだった。

「やや過剰《かじょう》とも思えるスケジュールをこなしていて、頑張《がんば》り屋なのはロレッタらしいけれど、少し極端《きょくたん》な気もするわ。勉強に臨《のぞ》む姿勢《しせい》もいつもとは違《ちが》うようだし……少し心配ね」

「だよな」

ロレッタは毎日毎日、水遊びなど目もくれずひたすら勉学に明け暮《く》れていた。

神宮寺が言うようにロレッタは超《ちょう》がつくほどの頑張り屋だから怠《なま》けるほうがおかしいと言えばそうなのだが、しかし、彼女の勉強に臨む姿勢には……そう、焦《あせ》りのようなものが見て取れる。たとえば問題を解《と》いたあと、答え合わせをしているときに「うう、この程度《ていど》の問題も解けないなんて……」と頭を抱《かか》えている姿をたびたびおれは目撃《もくげき》している。

以前からロレッタは神宮寺から勉強を教えてもらっていたので、勉学に励《はげ》んでいる姿は何度も目にしているが、こういうときいつものロレッタなら「次は間《ま》違《ちが》いません！」と前向きに反《はん》省《せい》するはずなのだ。ところが今回の合宿ではそういうポジティブなリアクションがあまり見られない。

「ただ、ときにはああしてがむしゃらに勉学に打ち込むのも悪くないと思うのよ」

「……や、ダメだろ。適度《てきど》に休憩《きゅうけい》を挟《はさ》むべきだ」

「息抜《いきぬ》きも必要だと？」

「当然だろ。ロレッタが身体《からだ》を壊《こわ》したらどうすんだよ」

「キミ……」と神宮寺《しんぐうじ》の顔が険《けわ》しくなり、「自分が勉強をしたくないからロレッタをダシにしてサボることを考えているんじゃない？」

「ああ？　おれはそこまで堕《お》ちちゃいねーよ！　バカにすんな！」

「……本当かしら」

「おれは何事もロレッタを優先する人間だぞ？」

「でもキミ、勉強嫌《きら》いでしょ？」

「……それは否定《ひてい》しないが」

「やっぱり」

「やっぱりじゃねーよ！　つーか、今はロレッタの教育方針《きょういくほうしん》について大マジメに話し合ってる最中だろうが！　おれのことは置いとけよ！」

「教育方針ということならなおさら無視《むし》できないわ。だってキミは知識《ちしき》よりも現場での経験《けいけん》を重視するタイプのようだから。わたしと知識対決や罠《わな》対決をやったとき、『知識なんて防衛《ぼうえい》じゃなんの役にも立たない』とかなんとか言ってなかった？」

「別に知識の優位性を軽視しちゃいねーっての！　あれはクイズの答えがアルゼンチンバックブリーカーで統一《とういつ》されてたから、ツッコミを入れただけだ！」

「そうだったかしら？」

「とにかくだ！　ガリ勉は絶対ダメ！」

「はあ？　ガリ勉、大いにけっこうじゃない。勉学と言うものは、多少やりすぎなくらいでちょうどいいのよ。と言うか……本気で勉強に取り組んだことのないキミがガリ勉を語っちゃうわけ？」

「あああー？」

「ほら、反論《はんろん》できなくなったらそうやって睨《にら》む。学《がく》がない証拠《しょうこ》よ。やっぱり勉強は大事。今、あの子に必要なのは世の中を渡《わた》っていくための知識であって、キミが重視する野性の直感ではないわ」

「なんだよ、野性の直感って⁉　人を獣扱《けものあつか》いすんな！」

「事実でしょう？」

――ざわざわ……。

神宮寺と口論を続けていると、グラウンドから数名の男子が、テニスコートからも同じく数名の女子がおれたちの周囲に集まってきた。

「成宮《なるみや》とカイチョーが喧嘩《けんか》してる」

「なんの話だ？」

「子供の教育方針《きょういくほうしん》を巡って対立している……ように聞こえるが」

「え、何それ。二人って付き合ってるの？　ってか子供いるのー？」

「それはありえないっしょ」

ギャラリーどもが勝手なことを言ってやがる。まあ……みんなおれたちの異世界《いせかい》での事情を知らないわけだから憶測《おくそく》で語るのも仕方のない話ではある。

「ねえ、カイチョー？　成宮《なるみや》とはどういう関係なの？　付き合ってるの？」

「ちょっと……な、何がどうなってそんな話に!?」

クラスメイトのストレートな質問《しつもん》に神宮寺《しんぐうじ》が赤面《せきめん》する。

や、なんで恥《は》ずかしがってんだよ？　そこは「ノー」を突《つ》きつけるところだろ。

「成宮君……！　全部、キミのせいよ！」

「はぁ？　なんでおれに責任《せきにん》を押《お》しつける？」

「みんなが誤解《ごかい》しているのは、成宮君の日ごろの行いが悪いから……よ！」

「どんな理屈《りくつ》だよ!?」

神宮寺が、子供が見たら号泣《ごうきゅう》しそうな不動明王《ふどうみょうおう》顔でおれに迫《せま》ってきた。

うわ、殴《なぐ》られる。絶対《ぜったい》殴られる——

「……──危《あぶ》ない──っ！」

そのときグラウンドのほうから注意を促《うなが》す声と共にサッカーボールが飛んできた。

「──カイチョー！　ボール行ったよ！」

さらにテニスコートのほうからも硬式《こうしき》用の黄色いボールが──

恐《おそ》ろしい偶然《ぐうぜん》もあったもので、どちらも神宮寺の頭目がけて飛んできた。

「神宮寺！　避《よ》けろ！」

おれは叫《さけ》びながらより危険度《きけんど》が高そうに思えたサッカーボールを弾《はじ》くべく神宮寺の前に飛び出した。さすがのおれも「ざまぁ！」と神宮寺が顔面ブロックする様をあざ笑う気はない。

「えっ……成宮君⁉」

だが──

神宮寺はボールを蹴《け》り返す準備《じゅんび》ができていたようで……。

「……ほ、ほげぇ⁉」

ボールの着地点に割《わ》り込《こ》んできたおれのお尻《しり》に神宮寺の蹴りが炸裂《さくれつ》した。

と同時に股間《こかん》にサッカーボールが直撃《ちょくげき》し、おれはダブルの意味で悶絶《もんぜつ》することに。

おれがいなければ華麗《かれい》なボレーシュートが決まっていたことだろう。

ちなみに神宮寺《しんぐうじ》はテニスボールのほうも手に持っていたラケットで頭への直撃《ちょくげき》を防《ふせ》いでいた。

つまりおれが心配するまでもなかったわけで……。

「………むきゅぅ……」

そんな萌《も》えキャラが発しそうなつぶやきを漏《も》らし、おれは保健室《ほけんしつ》に旅立った。

†

クラスメイトから「生徒会長からのご褒美《ほうび》」と揶揄《やゆ》された悶絶事件《もんぜつじけん》があった日の夜——

おれはいつものように自室のベッドからペンションの一室に移動《いどう》した。

無駄《むだ》に広いそのペンションには一人一部屋、個室《こしつ》が用意されていて、おれはここのところこの自分用にあてがわれた個室を現実と異世界《いせかい》の出入りの場所にしている。

「ん、今日もスライムさんたち、外で遊んでんのか。呑気《のんき》なもんだな……」

新しい技《わざ》の習得に励《はげ》むとかなんとか言ってたような気がするが、ただ遊んでいるだけのように見えるんだよな。ロレッタを見習って真面目に修行《しゅぎょう》しろよ。

「おーっす、ロレッタ——」

「成宮《なるみや》君……しっ」

リビングに足を踏《ふ》み入れると、先に来ていたらしい神宮寺が口元で指を立てた。

「なんだその『しっ』は。静かにしないとまたお前の肛門《こうもん》を蹴《け》り上げるぞって意味か？」

「……しつこいわね。散々謝《あやま》ったでしょう」

「んな簡単《かんたん》に許《ゆる》せるかっての。……ん、あれ？　ロレッタ……寝《ね》てる？」

「寝ているわ。だから騒《さわ》がないようにと言っているの」

「ふむ」

おれはなるべく音を立てないようにソファーに腰《こし》かけ、テーブルに突《つ》っ伏《ぷ》しているロレッタの寝顔をしばし神宮寺と眺《なが》めた。

「さっきスライムさんと会ったのだけれど」

「ああ」

「ロレッタ、私たちが帰ったあとも、夜遅《よるおそ》くまで勉強しているらしいの」

「そうなのか？　でも、ロレッタのスケジュール帳をチラ見したとき、夕方以降《いこう》は読書とかネットの教養番組を見る時間に当てるって書いてあったぞ？」

「予定を変更《へんこう》したみたい」

「……それが本当ならいくらなんでも根《こん》を詰《つ》めすぎだ」

「そう、よね」

「神宮寺。お前、昼間話したときに、がむしゃらに勉学に打ち込むのも悪くない、とか言ってたけど、ここ最近のロレッタの勉強への姿勢《しせい》は『この機会にやれるだけやってみよう』みたいな思いつきレベルの取り組みじゃないぞ」

「ええ……。キミの言う通りだわ」

ようやく意見が一致《いっち》した。

何事においてもロレッタを優先する——

たぶんこの考えはおれだけのものではなく神宮寺《しんぐうじ》にも当てはまる考えのはずだ。

そして、おれたちの意見が一致するときには必ずその中心にロレッタがいる。

「あら？　この本……？」

「ん、どうした？」

神宮寺が手に取ったのは表紙に幾何学模様《きかがくもよう》が描《えが》かれた数学らしき教科書。

「ここを見て。裏表紙《うらびょうし》なのだけれど……」

「や、おれ、文字読めないから」

「いい加減《かげん》覚えたら？」と言ったあと神宮寺が、「裏表紙に『ベルゼブブ第一中学校』と書いてあるのよ。どうやら学校の名前みたい」

「学校？　ロレッタ、学校に通ってたのか？」

「さあ……。本人に訊《き》いてみたら？」

神宮寺が寝息《ねいき》を立てているロレッタを指さす。

それが原因《げんいん》ではないだろうが、

と――

「は……え？」

とテーブルに突《つ》っ伏《ぶ》していたロレッタが目を覚ました。

「えっとぉ……わたしいつの間にか寝ちゃって……あっ！　お二人ともいらっしゃってたんですね？」

ソファーに座《すわ》るおれたちの存在《そんざい》に気づいたロレッタが姿勢を正した。

「なあ、ロレッタ。訊きたいことがあるんだが」

「はい？　なんでしょうか？」

まだ寝ぼけ眼《まなこ》のロレッタにおれは優しく尋《たず》ねる。

「『ベルゼブブ第一中学校』ってのはロレッタの母校なの？」

「……え」

「この数学の教科書の裏表紙に書いてあったから。見つけたのは神宮寺だけど」

「あ、はい。その通りです。『ベルゼブブ第一中学』はわたしの母校です」

「今は通っていないんだよね？」

「以前は通っていました。いえ、本当は今だって通わなければならないのですが……」

「お父さんが亡《な》くなったから通えなくなったんじゃない？」

そう言ったのは神宮寺《しんぐうじ》。おれの予想とだいたい同じである。

「……覇王《はおう》先生のおっしゃる通りです。父が生きていたころは普通《ふつう》に通っていました。ですが父が亡くなってからは……」

「地下迷宮《ちかめいきゅう》の防衛《ぼうえい》があるもんな。学校に通ってる場合じゃない」

日々、人間が攻《せ》めてくるラストダンジョンを留守《るす》にするわけにはいかない。

「……はいです」

ロレッタは力なく頷《うなず》いたあと、言いにくそうに語り出した。

「学校に通えなくなったのは残念ですが……地下迷宮を守ると決めたのは他ならぬ自分ですし、後悔《こうかい》はしていないんです。ただこの間、学校の友達からメールが届《とど》きまして……」

「それってもしかしてペンションの管理会社からメールが届いたときに口ごもってた？」

「そうです、あのときです。メールが届いたのは」

「思えばあのときもちょっと様子が変だったわよね」

「メールはクラス委員をやっている友達からでした。実はその友達には定期的に『現在《げんざい》の授《じゅ》業《ぎょう》の進行状況《しんこうじょうきょう》』を教えてもらっていたのです」

「じゃあ、最近のロレッタが勉強熱心だったのは……」

「はい、サトル先生の考えている通りだと思います。わたしの予想よりもずっと先まで学校のお勉強が進んでいたのです。わたしはちょっと……いえ、かなり焦《あせ》りました。このままではみんなに置いていかれるのではないかと……危機感《ききかん》を抱《いだ》いたのです」

「そっか……」

無理はよくない、適度《てきど》に休憩《きゅうけい》を挟《はさ》もう——

そうアドバイスするつもりでいたのだが、何も言えなくなってしまった。

当たり前のように学校に通い、当たり前のように授業を受けているおれ。

そんな当たり前に反発し、授業をサボったり、悪戯《いたずら》を仕掛《しか》けているおれ。

……そんなロクデナシの自分がロレッタに偉《えら》そうに言えることなど何もないわけで。

「成宮《なるみや》君？　キミもロレッタを見習ったら？」

「うっせえ……」

条件反射《じょうけんはんしゃ》で言い返したものの、それは憎《にく》まれ口とは言いがたい弱々しい抵抗《ていこう》だった。

「事情はわかったわ、ロレッタ。でも、無理は禁物《きんもつ》よ？」

「……はい」

自分でも無茶なスケジュールだということはわかっていたのだろう、ロレッタはしゅんとしてしまった。

「ほら、キミも。何か言ってあげなさい」

「や、おれは……」

戸惑《とまど》うおれにロレッタが頭を下げる。

「サトル先生……ごめんなさいです」

「あー、うん」とおれは頷《うなず》き、自分の考えを口にした。「謝《あやま》らなくていいよ。ロレッタが必死になって勉強に取り組んでた理由はわかったし……。でも、おれ思うんだ。ロレッタは焦《あせ》る必要なんて全然ないって」

「……え？」

「ロレッタは毎日防衛《ぼうえい》を通して、学校では知ることができない、学ぶことができない知識《ちしき》をたくさん身につけている。罠《わな》のアイデアや配置のテクニック、冒険者《ぼうけんしゃ》たちや教会との心理的な駆《か》け引き。資金難《しきんなん》に陥《おちい》ったときなんか経営《けいえい》の勉強とかもやった」

ロレッタは学校に通っていない。

だからといって毎日遊んでいるわけではないのだ。

いや、それどころか……。

父親を失ったこの少女は——魔族《まぞく》の未来を守るため命を張《は》って最前線で戦っている。

そして、実戦を通して多くのことを学んでいるのだ。

「だからさ、ロレッタ。ちょっとくらい勉強が遅《おく》れてたって気にすることはないよ。ニートってわけじゃないんだし。それにロレッタ？　忘《わす》れたの？　ロレッタには超絶優秀《ちょうぜつゆうしゅう》な家庭教師《かていきょうし》が二人もついているんだよ？　勉強だってすぐに学校の友達に追いつくさ」

「……サトル先生」

ロレッタが目をうるうるさせながらおれを見上げる。

「あら？　勉強嫌《べんきょうぎら》いの成宮《なるみや》君がロレッタに教えてあげられることなんてあったかしら？」

「……神宮寺《しんぐうじ》。こんなときに野暮《やぼ》なこと言うなよ」

「冗談《じょうだん》よ」と神宮寺は片目《かため》をすがめ、「キミもたまにはいいことを言うじゃない。なかなかの名演説だったわよ？」

「そ、そりゃどうも……」

うわ、こいつに褒《ほ》められるとそれはそれでくすぐったいな。

くすぐったいというか、薄気味悪《うすきみわる》い。

「ところでロレッタ。ここのところ勉強漬《べんきょうづ》けだったから身体《からだ》がなまってない？」

「そうですね……ほとんど身体を動かしていませんし」

ロレッタがうーんと背伸《せの》びをした。

「よし、ならば今日はスケジュールを変更《へんこう》して——体育の授業《じゅぎょう》といこう！」

「へ？　体育ですか？」

「ああ。部屋の中に閉《と》じこもってばかりじゃ、不健康《ふけんこう》だからな。それに体育だって立派《りっぱ》な勉強だろ？　それにせっかくリゾート地に来たんだし、地下迷宮《ちかめいきゅう》ではできないことをやらないと」

「たしかに！」

きっとロレッタも外に出たくてウズウズしていたのだろう。

パァと光り輝《かがや》く電球みたいに顔が明るくなった。

「神宮寺《しんぐうじ》も文句《もんく》ないだろ？」

「……ま、ね」

どこか不満そうにも見えるが逆《さか》らう気はないようだ。

ふふふ、バカめ。神宮寺、バカめ！

おれが体育の授業《じゅぎょう》を提案《ていあん》した目的はただ一つ！　女子の水着姿《みずぎすがた》を堪能《たんのう》するためだ！　よしよし、あとは密《ひそ》かに用意していたあの水着を神宮寺に見つからないようにロレッタに――

「サトルっち！　例の水着が届《とど》いたっすよ！」

そのとき両手で紙袋《かみぶくろ》を抱《かか》えたスライムさんが室内に飛び込《こ》んできた。

次の瞬間《しゅんかん》、

「………………例の水着とは？」

神宮寺の鋭《するど》い眼光《がんこう》がおれを射竦《いすく》めた。

「い、いや……おれにもなんの話だかさっぱり……」

「何言ってるっすか？」と言いながらスライムさんが紙袋を開ける。「これっすよ、これ！　ロレッタ用の水着！　特注のビキニアーマーっす！」

「わ、わわっ。すごくエッチな水着です……っ」

「ちょっと……成宮《なるみや》君。これは一体どういうことなの？」

一歩、二歩と拳《こぶし》を振《ふ》り上げながら神宮寺が詰《つ》め寄《よ》ってくる。メッチャ恐《こわ》い顔で。

「……すまん。お前の水着は用意していないんだ」

「そんなことは聞いていないから！　なんなのよ、この下品な水着は⁉　こんなものをロレッタに着せようっての⁉」

「こんなものとはなんだ！　こんなものとは！　世の男子の理想の水着の一つなんだぞ⁉」

「ロレッタを利用して自分の願望を叶《かな》えないでくれる⁉」

神宮寺がスライムさんからビキニアーマーを奪《うば》い取り、床《ゆか》に叩《たた》きつける。

「あー！　なんてことをー！」

「……キミを少しでも見直した私がバカだったわ」

神宮寺はそう言うと、床に叩きつけたビキニアーマーをなぜか拾い上げ、

「そんなにこれが好きなら……自分で身に着けなさい！」

と言ってバカ力でおれとスライムさんを押《お》さえつけ、拾い上げたビキニアーマーでおれたちの両手を縛《しば》り上げた。さらに両足のほうもタオルで縛られ——

「ちょ、何するんだよ⁉」

「とばっちりっす！　自分、とんだとばっちりっす！」

「や、どう考えてもスライムさんのせいだろ!?　つか、神宮寺《しんぐうじ》がいないところで渡《わた》せって言っただろうが!?」

「そんなの聞いてないっすよー！」

「成宮《なるみや》君とスライムさんには罰《ばつ》を与《あた》えるわ。夕方まで二人でこうしていなさい」

おれは色気のない水着姿《みずぎすがた》のスライムさんと背中合《せなかあ》わせで捕縛《ほばく》された。

お互《たが》いの手が背中側でまとめて縛《しば》られており、足のほうもタオルで拘束《こうそく》されている。

神宮寺、人を縛るのウマすぎ！　盗賊《とうぞく》か！

「さ、ロレッタ、もともと用意していた健全な水着に着替えましょう」

「……えっとぉ？」

「心配しないで。体育の授業《じゅぎょう》は私が成宮君の代わりに受け持つから」

「……サトル先生とスライムさんは……いいのですか？」

「ほら、日が暮《く》れてしまうわ。泳ぐなら早くしないと」

「わーっ」

神宮寺が荷物をまとめ、ロレッタの背中を押《お》してペンションを出ていく。

……健全な水着だと？　まさかスクール水着か!?

『は、覇王《はおう》先生……外で着替《きが》えるのはさすがに』

『平気よ。他にお客さんはいないし、ここは建物と木に挟《はさ》まれた場所だから』

『ではササッと着替えましょう』
『ええ。私も着替えるからもう少し奥《おく》にいってくれる？』
『わかりました』
どうやらペンションの裏手《うらて》で着替えているようだ。
たぶん中だとおれに着替えを覗《のぞ》かれると思ったんだろうな……。
『ちょっとサイズが小さいような……いえ、これならまあ許容範囲《きょようはんい》かしら』
『大丈夫《だいじょうぶ》だと思います』
『ロレッタはぴったりね。って意外に……大きいのね』
『うん？　大きいとは？』
『……胸《むね》のサイズのことよ』
『うーん、そうですか？　覇王先生のほうがずっと大きいような』
『そ、そんなことないわよ……』
しかし――
話し声だけなのになんかエロいな。どんどん想像《そうぞう》の翼《つばさ》が広がっちゃう。
『じゃ、行きましょうか？』
『はい！』
ああ――

もう行っちゃうのか……。

「……く、こうなったら」

「ぬわっ⁉　サトルっち⁉　急に動かないでほしいっす！」

「窓際《まどぎわ》だ。スライムさん、窓際に移動《いどう》するんだ……」

おれたちは床《ゆか》を転がりながら部屋の隅《すみ》に移動した。

だが芋虫《いもむし》視点《してん》で世界を眺《なが》めているため窓《まど》の外は見えない。

今のおれには窓枠《まどわく》の位置が高すぎる！

「そ、そうだ！　ドアを開けて外に出れば……って両手両足縛《しば》られてるのにどうやってドアノブ捻《ひね》るんだよ⁉　つか、そもそも届《とど》かねえし！」

あはは、きゃはは、うふふ——

湖のほとりから聞こえてくる楽しげな声。

ああ、一緒《いっしょ》に泳ぎたいとかそんな贅沢《ぜいたく》は言いません。

せめてロレッタと神宮寺《しんぐうじ》の水着《みずぎ》姿《すがた》を——一瞬《いっしゅん》でいいから拝《おが》ませてください。

神様！　魔界《まかい》の邪悪《じゃあく》な神様でもいいから！　頼《たの》む、頼む！

——こうして合宿の前半は放置プレイによって幕《まく》を閉《と》じた。

CASE2 加盟店募集中！

その日——

運動不足だというロレッタに付き合いジョギングをしていたところ、

「はぁはぁ……」

「ロレッタ、頑張《がんば》れ。あと少しだ」

「も、もう……ダメっぽい……で……すぅ……」

あと数百メートルでペンションというところでロレッタがふらつき始め、

「ひゃっ」

地面の窪《くぼ》みに足を取られ、おれのほうに倒《たお》れ込《こ》んできた。

「おっと……」

危《あぶ》ない危ない。こっちに倒れたからよかったものの。

「ロレッタ、大丈夫《だいじょうぶ》？」

「……はぁはぁ……呼吸《こきゅう》が……苦しいです。足もガクガクブルブルです」

「ブルブルはなんか違《ちが》わない？」

おれはロレッタをゆっくりとその場に座《すわ》らせた。

「……はふぅ」

呼吸《こきゅう》を整えつつ、タオルで汗《あせ》を拭《ぬぐ》うロレッタ。

学校に通っていたときに使っていたという体操着《たいそうぎ》には汗が大量ににじんでいる。どうやら汗かきのようで頬《ほお》を伝って溜《た》まった汗の雫《しずく》が顎《あご》からポタリポタリとこぼれ落ちていた。

「うう……太陽が……」

「日陰《ひかげ》に移動《いどう》したいところだけど、ロレッタ歩ける？」

「……まだ無理っぽいです」

「だよなー」

こりゃまずいな。日射病《にっしゃびょう》にでもかかったら大変だぞ。

水分だって補給《ほきゅう》しないとまずいだろうし……。

「よし、こうなったらおんぶだ。ほら、ロレッタ、背中《せなか》に乗って」

おれはロレッタに背中を向け、腰《こし》をかがめた。

「え、おんぶですか？　わたし、けっこう重いですよ……？」

「神宮寺《しんぐうじ》に比《くら》べたら軽いもんだって。それにペンションは目と鼻の先だ」

「……すみません、サトル先生。お手数おかけします」

「余裕《よゆう》。余裕。……っと、これはけっこうな……重量感……」

「本当に大丈夫《だいじょうぶ》ですか……？」

「よ、余裕だから！」

おれはロレッタの両足を後ろに回した手で抱《かか》えると、勢《いきお》いをつけて立ち上がった。

わー、とその勢いにびっくりしたのかロレッタから驚《おどろ》きの声が漏《も》れる。

「（む、この状況《じょうきょう》は……）」

汗だくのロレッタをおんぶする——

けっこうな重労働ではあるが役得ではないだろうか？

だって歩くたびに背中に当たるものが……ふむ、この弾力《だんりょく》、見事である。

やっぱロレッタって着痩《きや》せするタイプなんだなぁ。これは将来《しょうらい》が楽しみだ！

「はぅ……やっぱりわたし、運動不足ですね」

「ロレッタ、運動は苦手なほう？」

「ですです。学校でも下から数えたほうが早い感じでした。体育に関しては」

「となるとやはり合宿中のカリキュラムにもっと体育を組み込んだほうがいいな」

「……ですね」

もともと苦手なものを得意にすることはできないかもしれないけど、最低限《さいていげん》の努力はしておくべきだろう。防衛《ぼうえい》に体力はそれほど必要としないが、この間の教会との会談《かいだん》のように直接《ちょくせつ》

対決《たいけつ》に臨《のぞ》まなければならないシチュエーションが今後もないとは限《かぎ》らないし。

「さて……どうするかな」

ロレッタをペンションまで運んだあと、シャワーを浴《あ》びてきます、というロレッタを置いて再《ふたた》びペンションの外に。

「ん？」

傾斜《けいしゃ》を下っていると水辺で向かい合う女子二名を発見した。

「あれは神宮寺《しんぐうじ》と………咲良華《さくらはな》か？」

間違《まちが》いない。あの特徴的《とくちょうてき》なツインテールは咲良さんだ。聖女《せいじょ》セシリアが夢召喚《ゆめしょうかん》によって呼《よ》び寄《よ》せたコスプレが趣味《しゅみ》の剣道《けんどう》の達人《たつじん》である。

「ああ、例のトレーニングか」

咲良さんはあの会談以降《かいだんいこう》、神宮寺と仲よくなった。

現実では一緒《いっしょ》に買い物に出かけるほどで、また異世界《いせかい》でも「腕《うで》が鈍《なま》らないようにしたいの」という神宮寺の要望に応《こた》え、よくこうして竹刀《しない》を突き合わせている。咲良さんは剣道を辞《や》めるつもりだったらしいが（コブプレ趣味を友達に明かしてリア充《じゅう》になるつもりだった）、神宮寺の説得を受け、剣道を続ける意志《いし》を固めたとのこと。

「ちょっと見物してみるか」

おれは傾斜《けいしゃ》を下り切ると、邪魔《じゃま》にならない程度《ていど》に接近《せっきん》し、足を止めた。

「ほほう……。水着姿《みずぎすがた》で剣道《けんどう》とは大胆《だいたん》ですな、二人とも」

神宮寺《しんぐうじ》は上下お揃《そろ》いの花柄《はながら》の水着を、咲良《さくら》さんはなぜか競泳《きょうえい》水着を身につけている。

競泳水着なんてこの世界にあんのか。それとも現実から持ち込んだものかな？

……まあ、そんなことはどうでもいい。競泳水着って露出《ろしゅつ》は少ないけど、ボディラインがはっきりわかるから、咲良さんみたいにスタイルがいい女子が着るとメッチャ映《は》える。神宮寺の水着もいいけど、個人的《こじんてき》には競泳水着のほうに軍配を上げたいね。

「サトルっちー」

いつの間にか背後《はいご》に青髪の水着少女が立っていた。

スライムさんは後ろを振《ふ》り返ったおれを見るなり、

「んー？　サトルっち鼻の下が伸《の》びてるっすよぉ？」

「バ、バカな。硬派《こうは》で通っているこのおれが鼻の下なんて……」

「安心するっす。自分も観賞する気、満々っすから！」

微笑《びしょう》するスライムさんの手には動画モードに設定《せってい》した魔法端末《まほうたんまつ》が。

「でかしたぞ、スライムさん……！」

「サトルっちに恩《おん》を売っておいて損《そん》はないっすからね！」

「ふふふ、お主も策士《さくし》よのぉ」

「ちなみに自分の水着姿はどうっすか？」

「あー……」

そういやスライムさんも女子だった。いや、女子なのか？　つか、スライムに性別とかあるんだっけ？　前も同じような疑問《ぎもん》を抱《いだ》いたような気がする。

「まあ、いいんじゃね？　そんなことよりちゃんと神宮寺たちを撮影《さつえい》してくれよ」

「そっけないっすね⁉」

「(だってスライムさん、身体《からだ》に凹凸《おうとつ》ないし……全然色気ないもん)」

ま、そのワンピースタイプの水着は可愛《かわい》いと思うし、本人にも似合《にあ》ってる。

「咲良《さくら》さん、休憩《きゅうけい》にしましょう。よこしまな視線《しせん》を感じるわ」

「……了解《りょうかい》」

おれたちの存在《そんざい》が気になるのか神宮寺たちが訓練《くんれん》を中断《ちゅうだん》した。

「ん？　なんだ、ウルフ軍団《ぐんだん》とゴーレムさんもいたのか」

気配を感じ背後を見ると、おれたち以外にもギャラリーがいた。

ワンコたちはお座《すわ》りをしており、ゴーレムさんは偉《えら》そうに腕組《うでぐ》みをしている。

「次からは走り込みをメニューに組み込んで、ペンションから離《はな》れた場所で手合わせすることにしましょう。注目されるのは好きではないから」

神宮寺《しんぐうじ》が竹刀《しない》を背中《せなか》に担《かつ》いだ格好《かっこう》でおれを睨《にら》みつける。

そんなに見られるのが嫌《いや》なら水着姿《みずぎすがた》で訓練《くんれん》なんてするなよな。

「あら？　咲良《さくら》さん？」

「……お手」

「「「「ウガアアアアアアアア！」」」」

「……可愛《かわい》い」

動物好きなのか咲良さんが腰《こし》をかがめてウルフ軍団《ぐんだん》と戯《たわむ》れていた。

「や、そいつら犬じゃねーから」

「……犬じゃない？」

咲良さんが腰をかがめたままこっちを見た。

あまり表情の変わらない人だけど、おれを見るその目は怪訝《けげん》であった。

ま、そりゃそうだ。弟を懐柔《かいじゅう》され人前でミラクル☆ハナポンというネット上の顔を暴露《ばくろ》されたわけだからな。普通《ふつう》におれのこと嫌《きら》ってるだろ。

「こいつらはウルフだ、ウルフ。つか、お前らも律儀《りちぎ》にお手すんな」

「「「「ウガァ……？」」」」

え、この人、何言ってんだろう、みたいな顔された。

本人たちも犬としての生活に慣《な》れつつあるらしい。……いや、最初からこうだったか。

「そういえば咲良さん、成宮君《なるみやくん》に何か用があったんじゃない？」

「……うん」と咲良さんが頷《うなず》き、おれを横目で見る。「……セシリアさんが、時間があるときでいいからまた打ち合わせがしたいと」

「あー、はいはい」

「……伝えたから。………お手」

「「「「ウガアアアアアアア！」」」」

「だからウルフ軍団で遊ぶなっての！」

　この人、だいぶ天然入ってるよな。天然でもロレッタみたいに素直《すなお》な子ならまだ扱《あつか》いやすいんだけども、咲良さんは心のうちが読みにくい。

「成宮君。セシリアとの打ち合わせって財政再建《ざいせいさいけん》についてのことよね？」

「ああ」

　ロレッタの提案《ていあん》により商魂《しょうこん》たくましい聖女様《せいじょ》（元聖女だが）は、地下迷宮《ちかめいきゅう》の財政再建のアドバイザーに就任《しゅうにん》したのだが、なぜかセシリアはおれを窓口役に指名した。理由を訊《き》くと「あなたなら話が早そうですし、いいアドバイスを頂《いただ》けそうですから」とのことだった。

　正しい選択である。

　神宮寺を窓口にしたら口論《こうろん》が絶《た》えないだろうからな。ロレッタは交渉事《こうしょうごと》とか絶対苦手《ぜったいにがて》。それに相手がセシリアだから、いいように扱われる可能性《かのうせい》大だ。

「くれぐれもセシリアの口車には乗らないように」

「わーってるって」とおれは適当《てきとう》に話を流し、「んじゃ、さっそくネットで打ち合わせしてくるわ。最近、収支《しゅうし》がプラスに傾《かたむ》いたとはいえ、財政再建《ざいせいさいけん》は重要案件《じゅうようあんけん》に違《ちが》いないだろうからな」

「そうね。……あ、そういえばロレッタは？」

「ペンションでシャワー浴《あ》びてる」

「しばらく休ませてあげたほうがよさそう？」

「それもあるけど、今日はもう運動させること自体よしといたほうがいい」

「そ、わかったわ」と神宮寺《しんぐうじ》はおれに背《せ》を向け、「咲良《さくら》さん、もう一勝負どう？」

「……あ、うん。いいけど」

名残惜《なごりお》しそうにウルフたちから離れる咲良さん。ホントに好きなんだな、犬が……。

……や、繰《く》り返すが犬じゃないからな？

†

おれたちが滞在《たいざい》しているペンションは日本人が思い浮《う》かべるそれとは大きく異《こと》なり、豪邸《ごうてい》のような佇《たたず》まいで内装《ないそう》も外装もお金がかかっていそうな造《つく》りをしている。もうね、巨体《きょたい》のゴーレムさんが出入りできて寝泊《ねと》まりできる建物という時点で普通《ふつう》の家じゃない。たとえるなら富豪《ふごう》の別荘《べっそう》って感じ。

「いい部屋だよな……ここ」

でもって二階の突《つ》き当たりにあるのがおれに与えられた個室《こしつ》。

ベッドは無駄《むだ》に豪華《ごうか》な天蓋《てんがい》付きで、風呂《ふろ》とトイレは別、専用《せんよう》の魔《ま》法端末《ほうたんまつ》（デスクトップPCみたいなの）が備《そな》えつけてあり、快適《かいてき》なネットライフを楽しめる。

「ここが自分の部屋だったらなぁ……」

ふかふかのベッドで横になっていると、つい本音が漏《も》れた。

朝、目が覚めたとき自分の部屋の狭《せま》さに落胆《らくたん》するんだよねぇ……。

おっと、いけないいけない。打ち合わせするんだった。

おれはコミュニケーションツールを立ち上げ、セシリアにコンタクトを取った。

「あー、もしもーし。セシリア、今、大丈夫《だいじょうぶ》だったか？」

『ごきげんよう、成宮《なるみや》さん。久《ひさ》しぶりですわね』

「だな」

画面に私《し》服姿《ふくすがた》のセシリアが映《うつ》し出された。

もう教会の人間ではないので服装《ふくそう》もそうだし、聖女《せいじょ》様と呼《よ》ぶのもおかしな話。

おれは彼女のことを普通にセシリアと呼んでいる。

『華《はな》さん、そちらに来ていますわよね？』

「ああ、来てるよ。咲良《さくら》さんに伝言頼《たの》んでただろ？」

『メールを差し上げてもよかったんですけれど、華さんがリーサさんと約束しているということだったので、言伝《ことづて》を頼んだのです』

「あの人、おれのこと嫌《きら》ってるっぽいから、今度からメールにしてくれ」

『ふふ、そういう話を聞いて、わたくしが素直《すなお》に「はい」と答えるとでも？』

「やっぱあんた性格悪いな」

『あなたほどではありませんわ』

うむ。やはりこの人とは何か近いものを感じる。

『というわけで、まずは報告《ほうこく》から』

「テナントの件《けん》だよな？」

『ええ』

ロレッタが亡《な》き父親から受け継《つ》いだ資産《しさん》に雑居《ざっきょ》ビルがある。

全部で五棟《むね》あるのだが、最近は空《あ》きテナントが目立っていたらしい。

財政再建《ざいせいさいけん》のアドバイザーであるセシリアに最初に頼んだのがこの雑居ビルのテコ入れだ。

「えーと、雑貨屋《ざっかや》と魔法端末専門店《まほうたんまっせんもんてん》と、あともう一つなんだっけ……」

『ハンドメイドのアクセサリーショップですわ』

「それそれ。んでどんな調子？」

『今のところ概ね《おおむ》上手《うま》くいっておりますわね』

「おー、さすがだな」

『わたくしはたいしたことはしておりません。あなたの「人間界で品物を仕入れて、それを魔界で販売《はんばい》したらどうか」というアイデアを採用《さいよう》し、お店の選定をしただけですから』

「もともとのアイデアはおれたちを欺《あざむ》くためにあんたがやった架空《かくう》の罠《わな》のお店『ギミックオアギミック』だし、ほぼあんたの功績《こうせき》だって」

人間界で仕入れて、魔界で売る——

要は魔界で高値《たかね》で取引されているものを人間界で安く手に入れてるってこと。

人間界と魔界は物流が断絶《だんぜつ》しているので、こうした方法で商売をしているのはたぶんおれたちだけだろう。そして、今のところこの方法でそれなりに儲《もう》けが出ている。

『意外に欲《よく》のない方ですわね。あ、そうそう。またそちらにいくつかアクセサリーのサンプルを送りますから、魔物のみなさんから感想をいただけません？』

「ああ、いいぜ。テナントがあるのは魔界だし、買うのも魔族だからな」

『ちなみにこういうアクセサリーがありますわ』

セシリアがサンプルのペンダントや指輪《ゆびわ》を画面《がめん》越しにおれに見せる。

おれたちが文字や声のみのやり取りではなく、お互《たが》いの顔を見ながらコミュニケーションを取っているのはこのように商品を目で確認《かくにん》する必要があるからだ。

……それに性格はともかくセシリアは美人だからな。目の保養《ほよう》にもなって一石二鳥だ。

「へー、じゃあ売り上げは日に日に伸《の》びてるわけか」

『すでに収支《しゅうし》はプラスですけれど、まだまだ稼《かせ》ぎますわよ。ふふふっ』

「あんま無茶はしないでくれよ。強引な商売やってると、神宮寺《しんぐうじ》がキレるぞ」

『んー、やはりわたくしの最大の敵《てき》はリーサさんのようですわね……』

「敵は味方にありってか」

『……成宮《なるみや》さん』とここでセシリアが真面目な顔になり、『わたくしはあなたのことを高く評《ひょう》価《か》していますのよ。なぜならあなたはわたくしに初めて土をつけた殿方《とのがた》ですから』

「ほう」

そういや神宮寺が言ってたっけ。セシリアは興味《きょうみ》のない男にはとことん冷たいって。

でも彼女は窓口役におれを選んだ……。

ってことは――

『どうです？　わたくしと組んで荒稼《あらかせ》ぎしません？　あなたとわたくしが組めば向かうところ敵なしですわ。人間界でも魔界でもトップに上り詰《つ》めることができるに違《ちが》いありません』

「あー……それはロレッタたちのことを裏切《うらぎ》れってことだよな？」

『そういうことになりますわね。どうですか？　わたくしのパートナーになりません？』

「パートナーってのは……つまりエロいことなんでもありな関係ってことだよな？　だってパ

ートナーだもんな。そういう意味だよな。ふむふむ。それはなかなか魅力的《みりょくてき》な——」

『今のお話はなかったことに』

「検討《けんとう》の余地《よち》なしかよ！」

『そもそも冗談《じょうだん》ですから』

にこやかな笑顔で言うセシリア。

冗談に聞こえなかったんだが？

『成宮さんこそ、今の返しは冗談のつもりなのでしょう？』

「まあな。あんたと手を組む気はないし」

誘惑《ゆうわく》されたら危《あぶ》なかったが……。

『ですわよね。あなたの本命はロレッタさんか、リーサさんでしょうし』

「や、そういう話はしてないんだが」

「——なんの話？」

突然《とつぜん》、ノックもせずに神宮寺が入ってきた。

当たり前だが水着《みずぎ》姿《すがた》ではなくいつものメイド服姿だ。リゾート地に来てまでメイド服を着る必要はないが、もうこいつのこっちで普段《ふだん》着《ぎ》はこれで定着してしまった感がある。実はけっこう気に入ってんじゃねえの説まである。

『あら、噂《うわさ》をすればリーサさんじゃありませんの。久《ひさ》しぶりですわね』

「噂をすればってどういう意味よ？」

『ふふ、恋のお話ですわ』

「……はあ？」と神宮寺《しんぐうじ》がおれを見やり、「まさかセシリアとデキた？」

「んなわけあるか。冗談半分《じょうだんはんぶん》で恋バナしてただけだ」

適当《てきとう》に誤魔化《ごまか》してみたものの、神宮寺は余計怪訝《よけいけげん》な顔をした。

こいつが本命とか何言ってんだ、セシリアは。

ロレッタならまだしも、こいつだけは絶対《ぜったい》にありえんぞ。

性格的《せいかくてき》に合わないし。まあ面《つら》はいいがな、面は。

「打ち合わせしてたんじゃないの？」

「してたけど、もう終わったよ」

おれがそう答えると、

『ああ、そうでしたわ。肝心《かんじん》なことをお伝えしていませんでした』

「ん、何？」

再《ふたた》び画面に目を向けると、セシリアが書類のようなものを眺《なが》めながら、

『みなさんに協力していただきたいことがありますのよ』

「どんな案件《あんけん》だ？　当然、テナントがらみだよな？」

『もちろん』とセシリアが頷《うなず》き、『みなさんに力添《ちからぞ》えをいただきたいのは——料理です』

†

セシリアが言うには雑居《ざつきょ》ビルの運営《うんえい》は概《おおむ》ね上手《うま》くいっているが、一つだけ問題があるという。

と言うのも一部のテナントでアルハンブラ王国で人気の料理が食べられるお店を出したところ多くの魔物から不評《ふひょう》を買ったらしい。他のお店とは違《ちが》って飲食店だけは経営《けいえい》が上手くいってぃないようなのだ。

『魔物の味覚は我々人間とは異《こと》なるようなのです。……飲食業には手を出さない、という選択《せんたく》肢《し》もありますが、基本的《きほんてき》なオペレーションができあがればチェーン展開《てんかい》が容易《ようい》なのが飲食業のいいところでもありますわ。ですから魔物の方々の口に合う料理をみなさんに考案していただきたいのです。わたくし、料理は専門外《せんもんがい》なものですから』

そんなわけで——

おれたちはキッチンに集まった。

三つ星ホテルの厨房《ちゅうぼう》かよ、ってくらい広さも道具もあるペンションの調理場である。

「……どうして私まで」

メンバーの中には咲良《さくら》さんもいる。

セシリアから『華《はな》さんは料理が得意ですから』と言われたからなのだが、本人は何も聞いていなかったようで、事情を説明すると「……はあ」と微妙《びみょう》な顔をされた。

「全員そろいましたね！」

エプロン姿《すがた》のロレッタがみんなの前に立ち、笑顔を振《ふ》りまく。

ロレッタは張《は》り切っている様子。たぶん咲良さんと同じく料理が得意だからだろう。

防衛後《ぼうえいご》のティータイムのときによく手作りのお菓子《かし》を並《なら》べてくれるから、ロレッタの料理の腕前《うでまえ》はだいたいわかっている。と言ってもお菓子以外は口にしたことないけど。

「えー、それでは、わたしのほうから魔界《まかい》で暮《く》らす魔物のみなさんの味覚の特徴《とくちょう》について簡単《かんたん》にお話ししますね。そして、それを踏《ふ》まえた上で料理を作ることにしましょう」

「オッケー。ロレッタ頼《たの》む」

「はい！　えっと、結論から言ってしまいますと、大多数の魔物のみなさんは刺激《しげき》の強い味を求めています。もちろん種族にもよるのですが、雑居《ざっきょ》ビルがある地域は刺激的な香辛料《こうしんりょう》が自生するエリアですから、大昔から辛《から》い料理が主流となっています」

「自分は辛いの無理っす！　胃《い》の調子が悪くなるっす！」

「誰《だれ》もスライムさん個人《こじん》の意見は聞いてねーから。あー、でもスライムって水属性《みずぞくせい》っぽいし、辛いのは苦手そうだよな」

「溶岩地帯《ようがんちたい》を縄張《なわば》りとするスライムたちは大好物っすけどね」

「……どんなスライムよ」

神宮寺《しんぐうじ》が呆《あき》れたように頬《ほお》をかく。

「おいおい、神宮寺？　炎《ほのお》属性のスライムなんてRPGじゃ定番だろうが？　お前、ゲーム詳《くわ》しいんだし、それくらい知ってんだろ？」

「ふん。ゲームと現実をごっちゃにしないでくれる？」

そう言って神宮寺が三角巾《さんかくきん》で覆《おお》われた黒髪《くろかみ》を横に振《ふ》っておれから目をそらした。

ん、やけに機嫌悪《きげんわる》いな。軽くツッコんだだけなのにこの態度《たいど》とは。

「——と、そんなわけですから辛さを全面に押《お》し出した料理がいいのではないかと。あ、だからといって甘《あま》いのがダメってことはないですよ？　要するに大事なのはインパクトであって、バランスを重視しても仕方がないということです。インパクトさえあれば甘くても辛くても塩辛くても、魔物のみなさんは満足してくださると思います！」

「なるほどねー。つーことは何を作るにしても極端《きょくたん》な味を目指せばいいわけだな」

「そういうことになります！　えーと、それから……」

もう説明は終わりかなと思ったらロレッタが部屋の隅《すみ》で待機しているウルフ軍団《ぐんだん》に駆《か》け寄《よ》り、

「今回、味見は全てウルフのみなさんにお任《まか》せしたいと思っています。こう見えてウルフさんたちはグルメなのですよ。刺激的な味が好物という点でも審査員《しんさいん》に適《てき》していますし」

「「「「ウガアアアアアアア！」」」」

「任《まか》せろ、と言っているわ」

唯一《ゆいいつ》、ウルフ語を理解《りかい》できる神宮寺《しんぐうじ》が気を利《き》かせて通訳《つうやく》してくれた。

「「「「ウガアアアアアアア！」」」」

「え？　六人いるから二人一組、三組に分かれて料理対決を？」

六人——

おれ、ロレッタ、神宮寺、咲良《さくら》さん、スライムさん、ゴーレムさん。

たしかにウルフたちを除《のぞ》くと六人だな。人じゃないのも混《ま》じってるが。

「いいですね！　料理対決のアイデア、採用《さいよう》しましょう！」

「だな。面白《おもしろ》そうだし。ん、どうした、神宮寺？　浮《う》かない顔して？」

「……べ、別に……なんでもないわ……」

なんだ？　さっきまでは機嫌悪《きげんわる》そうにしてたのに今度は弱気になって。

こいつらしくないっていうか……うーん、どうしたんだ？

「よし、神宮寺。おれたちは日本が誇《ほこ》るカレーライスを作るぞ。インドカレーとかタイカレーとかのほうが遥《はる》かに辛《から》いが、やっぱ日本人なら日本のカレーライスだろ！」

「……ええ」

「なんだよ、テンション低いな？　よし、お前は野菜を切れ。おれはスパイスを調合する」

「や、野菜を？」

「じゃがいも、にんじん、たまねぎ。とりあえずそこらへんだな」

くじ引きの結果、おれのペアは神宮寺に。

ロレッタは咲良さんと、あとはスライムさん&ゴーレムさんの魔物ペアだ。

神宮寺はなんでもできる万能《ばんのう》女子高生だからな。まあ悪くない組み合わせじゃね？

おれも料理はそれなりにできるし。

「……きゃっ!?」

「ん？」

スパイスを取りにいこうとしたそのとき背後《はいご》から悲鳴が。

振《ふ》り返ると、じゃがいもを手に持った神宮寺の指から血が流れ出していた。

「おいおい、何やってんだよ……」

おれは神宮寺に傷口《きずぐち》を洗わせ、その間にロレッタを呼《よ》びにいった。

現実だったら手当が必要だがこの世界なら魔法《まほう》で簡単《かんたん》に治療《ちりょう》できる。

「覇王《はおう》先生、気をつけてくださいね？」

「……ありがとう、ロレッタ」

魔法《まほう》による治療《ちりょう》ならば傷口《きずぐち》が完全に塞《ふさ》がるので問題なく作業を続けられる。

これが現実だったら傷の大きさによっては即《そく》リタイアだからな。

「神宮寺《しんぐうじ》、今度はしっかり頼《たの》むぜ」

「……無理」

「は？」

「……野菜の皮を剝《む》くなんて私には無理」

神宮寺が涙目《なみだめ》になってる？　え、どういうこと？　たまねぎのせい……じゃないよな？

まだ切ってないし。

「無理ってなんだよ。お前、剣の扱《あつか》いとか得意じゃん」

「……だって私……料理なんてしたことないもの……」

「えー」

マジかよ。万能《ばんのう》女子高生にもできないことがあったのか……。

「あれ？　ちょっと待てよ。お前、この間、一人暮《ぐ》らししてるって言ってなかったか？　しかも自炊《じすい》やってるみたいなことも……」

「……一人暮らしはしているけれど、自炊はしていないわ」

つまり見栄《みえ》を張《は》ったわけか。こいつが嘘《うそ》をつくなんて珍《めずら》しいな。

「じゃあ食事はどうしてるんだ？」

「朝は抜《ぬ》いているわ。お昼は学食とか購買《こうばい》があるし、夜は外で食べるかコンビニで……」

「お前、そんなんじゃいつか身体壊《からだこわ》すぞ？　栄養面《えいようめん》に問題ありだろ」

「……だって料理って面倒《めんどう》くさいし」

小学生が涙目《なみだめ》で不貞腐《ふてくさ》れたみたいになってるぞ。こいつ本当に神宮寺《しんぐうじ》かよ。

実は家じゃ自堕落《じだらく》な生活を送っていたりすんのかな？

だとしたら見てみたい気がする。こいつの一人暮《ぐ》らしの実態《じったい》ってヤツを。

しかし——これはまた意外な一面だな。料理が苦手……というかやったことないとは。まあおれらの歳《とし》だとやらないヤツのほうが大多数だろうけど。

「にしちゃ、お前、肌《はだ》とか全然荒《あ》れてないよな。むしろ綺麗《きれい》すぎてビビるわ」

「……えっ」

「えっ、じゃねーよ。自分の顔、鏡《かがみ》で見たことないのかよ」

「……私よりも綺麗な女子なんていくらでもいるし……」

「肌の話な。顔の美醜《びしゅう》の話じゃないから。勘違《かんちが》いすんなよ」

「そ、そんなことわかってるわよ……！」

——トントントントントン！

——ザクザクザクザクザク！

　そのときロレッタ&咲良《さくら》さんのペアが料理《りょうり》漫画《まんが》も真っ青の包丁《ほうちょう》さばきを披露《ひろう》し、厨房《ちゅうぼう》内の視線《しせん》が二人に集まった。

「な、なんだあれ……？　切った野菜がボウルの中に吸《す》い込《こ》まれてる!?」

「卓越《たくえつ》した包丁さばきね。二人ともすごいわ……」

「おれたち敗北濃厚《のうこう》じゃね？」

「……私の口からはなんとも言えないわ」

「あ、そういやスライムさんたちのほうは――……っ」

もう一組の様子をうかがう。スライムさん&ゴーレムさんの魔物《まもの》ペアである。

「ウホッ！　ウホッ！　ウッホ――ッ！」

「や、止めるっすよ、ゴーレム！　力任《ちからまか》せに切ればいいってもんじゃないっす！　あああああー！　野菜が破裂《はれつ》したっす！　まな板が真っ二《ぷた》つにぃぃぃ！」

「ウホッ!?　ウホオオオオッ!?」

　何やってんだか……。

「あの二人には勝てそうな気がするわ」

「じゃないとまずいだろ」

　おれも神宮寺もロレッタの「先生」を名乗っているんだ。

カッコ悪いところは見せられない。

「んじゃ、神宮寺《しんぐうじ》。包丁《ほうちょう》を使うのは止めて、このピーラーを使え」

「何それ？」

「ピーラーも知らんのか。こうやって削《けず》るようにして皮を剝《む》くんだよ。簡単《かんたん》だろ？　これなら誤《あやま》って手を切ることもない」

「へえ、異世界《いせかい》には便利《べんり》な道具があるのね」

「地球にもあるから」

つーか、たぶんこれ地球から持ち込《こ》まれたものだと思うぞ。

「ねえ、成宮《なるみや》君。たしかじゃがいもの芽《め》って食べられるんだっけ？」

「……食べられねーよ。ソラニンなんかの天然の毒素《どくそ》が含《ふく》まれてるから、食べたらとんでもないことになる。酷《ひど》いときは死ぬ」

「ふーん」

「お前、前に雑学《ざつがく》対決やったときファイアフレークの原産地知ってただろ？　なんでじゃがいもの芽のことは知らないいんだよ？」

「あれはこっちの世界のネットの掲示板《けいじばん》でたまたま目にして得た知識《ちしき》だから」

「じゃあ、料理に関する知識は基本的《きほんてき》にゼロに等しいわけか」

「そういうことになるわね」

なんで偉《えら》そうに胸《むね》を張《は》るんだよ。開き直ったか？

「……と言うか、キミのほうこそどうなのよ？　料理できるの？」

「けっこう得意だぞ。母親を押《お》しのけて台所を占領《せんりょう》することがよくある。ちょうど夏休みにスパイスの調合にハマったから、カレーはバッチリだ」

「そ……そうなの」

「ま、とにかく今回はおれ主導《しゅどう》でやらせてもらうぞ。わかったか、見習い料理人？」

「くっ……キミの命令に頷《うなず》くのは癪《しゃく》だけれど……仕方ないわね……」

「当然だ。ほら、ボサッとしてないで皮むき」

「……了解《りょうかい》」

こうして前途《ぜんと》多難《たなん》なカレー作りが始まった。

一時間半後——

三組とも料理が完成し、ウルフ軍団《ぐんだん》による試食が始まった。

おれたちのカレーライスは時間が経《た》っても温め直すことができるので、試食は最後ということになり、まずスライムさん＆ゴーレムさんのペアが作ったラーメンからとなった。

「お、意外にちゃんとしてる」

「ずいぶんとボリュームがあるのね。上に載《の》っているのは茹《ゆ》で野菜にチャーシュー、刻《きざ》みニンニクかしら？」

「全部食べたらお腹《なか》いっぱいになりそうです」

「……野菜の盛《も》り方がラーメン○郎そっくり」

咲良《さくら》さんが率直《そっちょく》すぎる感想を漏《も》らす。

「インスパイアされたことは否《いな》めないっすけど、ちゃんとオリジナル要素《ようそ》もあるっすよ！」

「インスパイアねぇ……」

物は言いようだよな。このビジュアルは参考にしたってレベルじゃねえだろ。

まあ東京でもこの手のボリューム系《けい》は増《ふ》えつつあるけど。

「んで？　オリジナル要素ってのは？」

「それは食べてみてのお楽しみっす！」

「ウホッ！　ウホッ！　ウッホ――ッ！」

ゴーレムさんが審査員《しんさいん》である五匹《ひき》のウルフが座《すわ》る席にラーメンを運ぶ。

「試食スタートですね」

「「「「ウガアアアアアアア！」」」」

椅子《いす》の上でお座りをしているウルフたちが箸《はし》を握《にぎ》った。

って握れるのかよ……。

「「「「ウガアアアアアアア！」」」」

さっそく山ほどの茹で野菜とチャーシューをかきこみ、太麺《ふとめん》を豪快《ごうかい》にすすり、そしてドンブリに口をつけてスープを味わい――

「「「「ウガァー……」」」」

と次の瞬間《しゅんかん》、ワンコたちが渋《しぶ》い顔をしながら箸を置いた。五匹全員がだ。

「うん？　どうしたのでしょうか？　ウルフのみなさん？」

「「「「ウガアアアアアアア！」」」」

「甘《あま》い、甘すぎる。これはどういうことだ、と怒《おこ》っているわ」

神宮寺《しんぐうじ》が即座《そくざ》に通訳してくれた。

「なんだって？　甘い？　ラーメンなのに？」

「――そうっす！　自分らが作ったラーメンのスープは豚骨《とんこつ》がベースになっているっすけど、それ以上に砂糖《さとう》、蜂蜜《はちみつ》、みりんがたっぷり入ってるっす！　さらに各種果物《くだもの》をミキサーにかけてそれも混《ま》ぜたっす！　名づけて『豚骨スイーツ（笑）ラーメン』っす！」

「……うげ」

完全にゲテモノラーメンじゃねえか。どういう神経《しんけい》してんだ……。

「ウホッ！　ウホッ！　ウッホ――ッ！」

「えっと、麺はゴーレムさんの手打ちだそうです。そして麺にはウルフのみなさんの好物である魔《ま》イチゴが練《ね》り込んであるとか……」

「もうラーメンじゃないだろ、それ」

「そんなことないっすよ！　だってラーメンには流儀《りゅうぎ》など存在《そんざい》しないっすから！　もし流儀があるとすればそれは自分の流儀だけっす！　ラーメンはアートっす！」

「「「「ウガァー……」」」」

「無価値《むかち》なアート、ゴミはゴミ箱に、と言っているわ」

「ま、審査員《しんさいん》がこう言ってるんだ。考えを改めたほうがいいと思うぞ？」

こうしてスライムさん＆ゴーレムさんペアが作ったラーメンは不評《ふひょう》に終わった。


二組目は料理上手なロレッタ＆咲良《さくら》さんのペア。

「配膳完了《はいぜんかんりょう》です！　ウルフのみなさん、召《め》し上がってください！」

「……ワンコさん、どうぞ」

おおおおおお――

テーブルの上に料理が並《なら》ぶと、その場にいた全員から歓声《かんせい》やため息が漏《も》れた。

大きな皿に載《の》せられた多種多様な料理はどれも色鮮《あざ》やかで、ただ見ているだけで食欲《しょくよく》が湧《わ》いてくる。それほど見事な盛《も》りつけであった。完全にプロの仕事である。

「見た感じ中華《ちゅうか》っぽいな」

「……四川《しせん》料理」

咲良さんが小声でつぶやく。

「ほー、四川料理か。そういや麻婆豆腐《マーボードーフ》があるな」

「激辛《げきから》料理と言えばしせんりょうり？　だとサクラさんが言うので、魔界の香辛料《こうしんりょう》を使って代表的な料理を作ってみたのです」

「「「「ウガアアアアアアアア！」」」」

お、ウルフたちのテンションが上がってる。

料理上手な二人が作った激辛料理となればそりゃ期待も膨《ふく》らむってもんだ。

「「「「ウガアアアアアアアアア！」」」」

麻婆豆腐《マーボードーフ》――

「「「「ウガアアアアアアアアア！」」」」

担々麺《たんたんめん》――

「「「「ウガアアアアアアアアア！」」」」

回鍋肉《ホイコーロ》――

「「「「ウガアアアアアアアアアア！」」」」

その他もろもろ――

ウルフたちは瞬《またた》く間に料理を平らげてしまった。

く、こんな豪華《ごうか》な食事にありつけるなんて羨《うらや》ましい限《かぎ》りだ。

おれも一緒《いっしょ》に食べたかったなぁ。

「「「「ウガアアアアアアア！」」」」

うんうん。みんな満足げな顔をしているな――

いや？　一匹《びき》だけ難《むずか》しい顔をしていないか？　そういや今の咆哮《ほうこう》も四匹分だけだった気がする。

「ウガウガウガ、ウッガッガ、ウッガ――――――ッ！」

その難しい顔のウルフが不満のありそうな咆哮を上げた。

神宮寺《しんぐうじ》に通訳《つうやく》を求めると、

「この料理を作ったのは誰《だれ》だー！　と言っているわ」

「どこの美食家だよ」

とりあえずツッコミを入れておいた。

と――

ロレッタがそわそわしながら、

「アルジャーノンさん、わたしたちの料理に何か問題が……？」

と一匹のウルフに向かってお伺《うかが》いを立てた。

「アルジャーノン？　誰だそれ？」

「真ん中の席に座ってるウルフの名前っす。知らなかったんすかぁ？」

「……初耳なんだが」

スライムさんが言うには五匹のウルフにはそれぞれちゃんと名前があるらしい。

よく考えてみると当たり前の話である。

今まで五匹セットで捉《とら》えてたからなぁ……。

だっていつも一緒にいるし、咆哮とかも声がそろってるし。

「左から順にレオナルド、ラファエロ、アルジャーノン、ジョナサン、ギルバートっす」

「なんでみんなそんなカッコいい名前なんだよ……」

日本人の感性からすると欧米風《おうべいふう》の名前はどれもカッコよく感じられるから不思議である。

魔界《まかい》の、しかもワンコっぽいウルフたちになぜそんな名前をつけたのかは謎《なぞ》だが……。

「アルジャーノンさん、教えてください！　わたしたちの料理の欠点を！」

ロレッタが再度《さいど》問いかけると、

アルジャーノンが待っていましたとばかりに咆哮を上げた。

「ウガウガウガ！　ウガアアアアアアア!!　ウガウガウガ――」

同時に神宮寺による通訳が始まり、

「どの料理も美味《おい》しい。美味しいけれども、一つ一つの食材や香辛料《こうしんりょう》に目を向けると、これらがどれも高級《こうきゅう》食材、希少価値《きしょうかち》の高い香辛料であることがわかる。そしてアドバイザー、セシリアからの要望はチェーン展開《てんかい》が可能《かのう》な飲食店の開業、それに適《てき》した料理の開発なのだから、原価《げんか》の計算も考慮《こうりょ》すべきである。また食材の中に一年を通して安定供給《あんていきょうきゅう》を受けることが難《むずか》しいものが散見される。お二人の料理の腕《うで》はたしかだと思うが、経営《けいえい》という観点からこれらの料理を見ると問題点があまりにも多く、これらの料理をお客に提供《ていきょう》するのは難しいのではないか？」

……もっともな意見である。

というか、アルジャーノン。お前、何者だよ？

「「「ウガアアアアアアア！」」」

「自分たちもそう思っていたところだ、と他の四匹《ひき》が見栄《みえ》を張《は》っているわ」

「何？　アルジャーノンって料理通なの？」

「あ、はい。アルジャーノンさんは新進気鋭《しんしんきえい》の料理評論家《りょうりひょうろんか》なのですよ」

「料理評論家？　マジで？」

「アルジャーノンさんが運営しているブログは今や魔界《まかい》で絶大《ぜつだい》な影響力《えいきょうりょく》を持っていて、取り上げられたお店はどこも成功《せいこう》しているらしいです。えっと、たしか……」

ロレッタが携帯型《けいたいがた》の魔法端末《たんまつ》を操作《そうさ》し、アルジャーノンが評論を載《の》せている『至高《しこう》のオリーブオイル』というブログをおれたちに見せてくれた。

「……これは」

　エプロン姿《すがた》のアルジャーノンが二足歩行で立ち、左の前足でフライパンを、右の前足でオリーブオイルの入った小瓶《こびん》を握《にぎ》っている画像がブログの背景画像《はいけいがぞう》として使われていた。キッチンカウンターに背中《せなか》から寄《よ》りかかっており、いかにも気取ったポーズで立っている。コラ画像かよ。シュールすぎだ。

「じゃあ、自分らの『豚骨《とんこつ》スイーツ（笑）ラーメン』もアルジャーノンが宣伝《せんでん》すればバカ売れ間違《まちが》いないっす！　飲食業界の王になれるっす！」

「ウガウガウガウガ！　ウッガッガー！　ウッガッガー！」

「ブログの信用に関わるから、本当に美味《おい》しい料理しか取り上げない、と言っているわ」

「そんなーっす!?」

　や、当たり前だろうが。不正な手段《しゅだん》で儲《もう》けようとか考えんなよ、スライムさん。

「ウッガッガー！　ウッガッガー！」

「ともかく二人の料理ではお店は開けない、と言っているわ」

「原価の計算は想定外でした……」

「……ワンコさん、厳《きび》しい」

　採用間違《さいようまちが》いなしと思われた二人の料理だが、アルジャーノンから手厳しいダメ出しを受ける結果に。まさか味以外の観点から評価が下るとは思わなかった。

　こりゃ、おれと神宮寺《しんぐうじ》のカレーライスも不評《ふひょう》を買いそうだな。

そもそも出来に自信ないし……。

ところが——

「「「「ウガアアアアアアアア！」」」」

予想とは裏腹《うらはら》におれ&神宮寺《しんぐうじ》が作ったカレーライスは大絶賛《だいぜっさん》の嵐《あらし》であった。

アルジャーノンを含《ふく》めた五匹《ひき》全員がおかわりを求めたほどで……。

「ウッガッガー！　ウッガッガー！」

「ルーは真っ赤で地獄《じごく》の溶岩《ようがん》のようで、メチャクチャ辛《から》いけれど癖《くせ》になりそうな味」

料理評論家《りょうりひょうろんか》、アルジャーノンの言葉を神宮寺が通訳《つうやく》する。

「……マジかよ」

本当はもっと辛さを抑《おさ》えるつもりだったんだが……。

何を思ったのか神宮寺が「スパイス、残ってるじゃない」と別に残したわけではなく余《あま》っただけだというのにおれの了承《りょうしょう》も得ずに勝手に鍋《なべ》に放り込んでしまったのだ。その後、あーあと思いながら試しにルーを舐《な》めてみたところ悶絶《もんぜつ》するほどの辛さに仕上がっており、その時点でおれは勝負を投げていた。

しかし、蓋《ふた》を開けてみれば——

「「「「ウガアアアアアアア！」」」」

　この通り。ウルフたちにはこれくらいの辛さでちょうどいいらしい。マジかよ……。

「ウッガッガー！　ウッガッガー！」

「野菜がゴロゴロしているのがいい。大きさは不揃《ふぞろ》いだけど、それがいいアクセントになっている……」

　それは――

　料理の心得がない神宮寺が適当《てきとう》に野菜を切ったからだ。

「ウッガッガー！　ウッガッガー！」

「じゃがいもが煮《に》えすぎておらず、適度に食感が残っているのもポイント……」

　それも――

　神宮寺が野菜を切るのに手間取って煮込《にこ》み時間が足りていないがゆえ。

「ウッガッガー！　ウッガッガー！」

「食材の安定供給《あんていきょうきゅう》が望める安価なものばかりだからバカ売れ間違《まちが》いなし……」

　通訳《つうやく》を続ける神宮寺だが、その顔は引きつっていた。

「アルジャーノンさんのお墨《すみ》付きです！　これは売れますよ！」

「お店ができたらブログで取り上げるっすよ！」

「ウッガー！　ウッガッガー！」

たぶん、もちろん、と言っているのだろう。

アルジャーノンは咆哮《ほうこう》を上げながらその場でくるっと宙返《ちゅうがえ》りを披露《ひろう》した。

一方の神宮寺《しんぐうじ》は――

「…………屈辱《くつじょく》なんだけど」

と肩《かた》を落としていた。

失敗から生まれた意図しない勝利だから素直《すなお》に喜べないのだろう。

いや、それどころか落ち込んでいる様子。

「まあまあ、神宮寺。勝てば官軍って言葉があるじゃないか」

「…………はぁ」

もはやため息しか出ないようである。


翌日《よくじつ》の夜――

ペンションに移動《いどう》するとロレッタが笑顔で駆《か》け寄《よ》ってきて、

「サトル先生！　昨日の『激辛《げきから》レッドカレー』、早くも大人気ですよ！」

「え？　もうお店、開いたの？」

「いいえ」とロレッタが首を振《ふ》り、「街角で道行く人に試食してもらったのですよ」

「そしたら好評《こうひょう》だったわけかー」

「好評も好評！　どこのお店に行けば食べられるのか？　という質問《しつもん》が殺到《さっとう》したそうです！」

「そりゃよかった」

瓢箪《ひょうたん》から駒《こま》というか棚《たな》からぼた餅《もち》というか、まあ意味合ってるか知らんが、思わぬ形で評価されちまったなあ。こりゃ神宮寺がさらに落ち込むんじゃないのか？

「お店も近いうちに開店させましょう！」

「ああ」

まずはセシリアと連絡《れんらく》を取って打ち合わせからだな。

「アルジャーノンさんも、ブログにアップする文章を準備《じゅんび》中《ちゅう》です！」

「ホントだ……」

部屋の隅《すみ》で魔《ま》法端末付属《ほうたんまつふぞく》のコンソールを叩《たた》くアルジャーノンの姿《すがた》があった。

そのでかいサングラスはなんだよ？　業界人ぶってるのか？

しかし、意外な才能《さいのう》だよな。今まで五匹《ひき》セットで捉《とら》えていたが、こいつらにも一匹一匹、個《こ》性《せい》があるんだな。まあ他の四匹にアルジャーノンほどの才能があるとは限《かぎ》らないが。

「アルジャーノンが上手《うま》くやってくれれば全てのテナントが埋《う》まるんじゃない？」

「はい！」

ロレッタは元気よく頷《うなず》いたあと、ふふふ、と魔王《まおう》の娘《むすめ》らしく邪悪《じゃあく》な笑みを浮《う》かべた。

といっても子供が浮《う》かべるような微笑《ほほえ》ましさを含《ふく》んだ笑みだ。

「どうした、ロレッタ？」

「あ、えっとですね、まだまだ財政難《ざいせいなん》を脱《だつ》したとは言えませんが、明るい展望《てんぼう》が見えてきたなーと思うのですよ」

「たしかに。一時期に比《くら》べればそうだね」

「この先、少しずつ少しずつお金を貯《た》めていって……いずれは――ふふ」

またロレッタが微笑《びしょう》を浮かべた。

なんだろ？　何か買いたいものがあるのかな？

「とゆーわけで、サトル先生！　そろそろ考えるべきときかもしれません！」

「ん、何を？」

おれが率直《そっちょく》な疑問《ぎもん》を投げると、

「それはもちろん――新しいダンジョンの建設《けんせつ》……についてです！」

とロレッタは将来《しょうらい》の夢《ゆめ》を語る幼《おさな》い子供のように目を輝《かがや》かせた。

新しいダンジョンの建設――

それを聞いておれは疑問に思った。

そもそもダンジョンってどうやって作るのだろうか、と。

CASE3　理想のダンジョンのお値段

風呂《ふろ》には入った、歯も磨《みが》いた、あとは床《とこ》につくだけ——

時刻《じこく》は午後十一時四十五分。

おれは静寂《せいじゃく》に包まれた成宮《なるみや》家の薄暗《うすぐら》い廊下《ろうか》を歩き自室に向かっていた。

手には台所から取ってきたお菓子《かし》の袋《ふくろ》がある。

ロレッタへのお土産《みやげ》だ。いつもお茶をごちそうになっているので、いつごろからかこうやって寝《ね》る前に食べ物を用意するようになったのだ。今日はポテチである。

「そういや初めてのお土産もポテチだったなー」

そのころはまだロレッタにいちいち持ち込むものを指定して、移動《いどう》してもらっていた。だけど同じ手続きを何度も踏《ふ》むのは面倒《めんどう》だし、せっかくのお土産なのに「○○移動して」と渡《わた》す前からネタばらしするのはあまりにも無粋《ぶすい》。

だからおれはロレッタに、寝る際《さい》に「手に持つ」だけで持ち込《こ》みが可能《かのう》になるような魔法《まほう》をかけてもらった。これによって現実から異世界《いせかい》に、また異世界から現実に、手軽にものを移動できるようになった。まああまり大きなものは無理らしいが。

「んー……もう寝《ね》てんのか？」

妹の部屋の前を通りかかったおれは一旦《いったん》立ち止まって耳をすませた。

反抗期《はんこうき》真《ま》っ只中《ただなか》の妹とはもう長い間、会話らしい会話をしていない。

「最近……やけに静かなんだよな」

妹の部屋からはなんの物音も聴《き》こえなかった。

ロレッタに夢召喚《ゆめしょうかん》される以前のおれは夜更《よふ》かしの常連《じょうれん》だったが、あちらですごすための時間を確保《かくほ》するため早く寝るようになってからは妹よりも先に床《とこ》につくようになっていた。

のだが――

ここのところ妹も眠《ねむ》りにつくのが早いようなのだ。

どういう気まぐれだろうか？

「にしてもついに合宿最終日か……。長かったような短かったような……」

おれは妹の部屋を静かに横切ると、隣《となり》にある自室の扉《とびら》を開いた。

その後、床につくと数分と経《た》たず意識《いしき》が遠のき――

ロレッタが待つリゾート地のペンションに飛んだ。

異世界に到着《とうちゃく》し、ペンション内を移動してリビングに向かうと、

「サトル先生！ いらっしゃいです！」

ロレッタが笑顔で迎《むか》えてくれた。

リビングには他にもスライムさん、ウルフ軍団《ぐんだん》、そしてゴーレムさんもいた。

神宮寺《しんぐうじ》はまだ来ていなかった。

「ん、みんなして何見てんの？」

ロレッタたちはテーブルの上に置かれた魔法の鏡《かがみ》の前に座《すわ》っていた。

角度的に画面が見えなかったのでおれはみんなの側に移動し、

「うん？ ダンジョンドットコム？」

「今、一番人気のあるダンジョン建設会社《けんせつがいしゃ》が運営《うんえい》しているサイトっすよー」

「へえ、専門の業者がいるんだ」

ま、そりゃそうか。地下迷宮のメンテナンスだって業者任《ぎょうしゃまか》せだし。

「じゃあ、新しいダンジョンを建設するとなったら、この会社に頼《たの》むことになるのか」

「第一候補《こうほ》はそうですね。他にも建設会社はありますが、業界のシェアはここがナンバー1ですし、地下迷宮を作ったのもこの会社ですから」

「代々お世話になってる会社なんだ」

「そうですね。社長さんとも面識《めんしき》がありますし」

ロレッタが言いながらコンソールを操作《そうさ》する。

「ん、やけにでかいフォントだな。これなんて書いてあるの？」

相変わらず文字が読めないおれは画面に表示《ひょうじ》された三つの単語を指差した。

「低価格《ていかかく》、標準《ひょうじゅん》価格、高価格です。このページで価格帯別の商品を検索《けんさく》することができるのですよ。新商品が追加されたと聞いて久しぶりにサイトを覗《のぞ》いてみたのです」

「商品以外にも新機能が追加されたという話っす」とスライムさんが補足《ほそく》する。「なんでも好きなようにダンジョンをシミュレートできるとか。面白そうじゃないっすか？」

「おー、そりゃワクワクするなー」

「……何がワクワクするの？」

突然誰《とつぜんだれ》かに肩《かた》を叩《たた》かれた――

振《ふ》り返るとそこには、

「うおっ、お前かよ、神宮寺《しんぐうじ》。……突然、肩を叩くな。音も気配もなく現れやがって」

「キミが鈍感《どんかん》すぎるだけなんじゃない？」

神宮寺はそう皮肉を言うと、みんなに挨拶《あいさつ》をしつつ、おれの隣《となり》の椅子《いす》に腰《こし》を下ろし、

「ロレッタ、もしかして新しいダンジョンを購入《こうにゅう》するつもりなの？」

「んー、今すぐに、と思っているわけではありませんが、計画だけは練《ね》っておきたくて」

「セシリアの協力もあって新事業のほうはどれも順調だけど、ダンジョンを買うとなると、頭

金だけでもそうとうな金額《きんがく》になりそうだなぁ」

「そうなのですよ。まとまったお金が必要になるわけで……」

一番の問題はそこだろうな。

たとえ買えるだけの蓄《たくわ》えがあったとしても慎重《しんちょう》にことを進める必要があるけど。

「とにかく新商品を見てみましょう」

ロレッタが再《ふたた》びコンソールを操作し、高価格商品の一覧《いちらん》を画面に表示させた。

「おー？」

サムネイル付きで表示された一覧には、浮遊《ふゆう》ダンジョン、海上ダンジョン、海底ダンジョンと見るからに高価なものから東京タワー、スカイツリーのパクリだとひと目でわかる異文化を参考にして作ったと思《おぼ》しきこの世界の文明にそぐわないダンジョンなども見受けられた。

「えーとぉ、この浮遊ダンジョンの価格は一、十、百、千、万………三百億デモン!?」

「高いなー」

「高いわね」

「高いっす！」

「「「「ウガアアアアアアア！」」」」

「ウホッ！　ウホッ！」

みんな一斉《いっせい》に同じようなことを口にした。

たぶんウルフ軍団《ぐんだん》とゴーレムさんも同意見だろう。

「浮遊《ふゆう》ダンジョン……わたしの理想の一つなのですが」

「同感だな。まさにラスダンって感じだよ。空に浮《う》かぶダンジョンってのは」

「そうかしら？　私はこっちの海底ダンジョンのほうがらしいと思うけれど？」

「いやいや。海底ダンジョンは物語の中盤《ちゅうばん》くらいに出てくる、古《いにしえ》の昔に滅《ほろ》んだ古代文明って感じじゃね？」

「海上ダンジョンも捨《す》てがたいっす！」

みんな好き勝手に自分の理想のダンジョンについて語り出した。

各々《おのおの》の理想だから意見は噛《か》み合わないが……それもまたよし。

いいよなー、こういうの。

家選びとか車選びとか、学生のおれにはさすがにそういう高額《こうがく》な商品を購入《こうにゅう》した経験《けいけん》はないけれど、たとえば親が知り合いの結婚式《けっこんしき》に出たときにもらってくる引き出物のカタログとか、ああいうのおれ大好き。カタログギフトってヤツだな。たくさんある商品の中から好きなものを選ぶ喜び……。まあ三百億デモンはさすがに手が出せないが、こういうのは商品を選んでいるときが一番楽しいからな。

「さすがに現時点での購入は不可能《ふかのう》ですが、将来《しょうらい》のことを考えて、理想のダンジョンをシミュレートしてみませんか？」

「さっきスライムさん言っていた新機能のことね」と神宮寺《しんぐうじ》。

「はい。まずはベースとなるダンジョンを選びます。んー、わたしの独断《どくだん》と偏見《へんけん》で、今回は浮遊ダンジョンにしてみますね。それで――次にオプションを選んでいきます」

「へー、いろいろあるなー。よし、この際《さい》、予算のことは考えず、各自、欲《ほ》しいオプションを追加していくことにすっか」

「そうしましょう！」

「じゃあ、まずおれから。……んー、これだな。この『属性《ぞくせい》コントロール装置《そうち》』ってヤツ」

「あ、これは便利《べんり》そうですね。階層《かいそう》ごとに属性を切り替《か》えて、炎《ほのお》のダンジョン、氷のダンジョンなどを任意《にんい》に生み出す。地下《ちか》迷宮《めいきゅう》とは違《ちが》って任意というところがポイントですね。ではポチッと追加です！」

「はいはい！　今度は自分の番っす！」

スライムさんが美少女の姿《すがた》からスライムに戻《もど》り、ロレッタの肩《かた》の上に乗る。

そして、落ち着きなくぴょんぴょん飛び跳《は》ねながら、

「これっす！　屋上に設置するタイプの流れるプールのセット！」

「せめて防衛《ぼうえい》と関係のあるオプションにしろよ……」

「関係あるっす！　自分、水属性っすからプールがあれば強くなれるっす！　あとプールを粘《ねん》液《えき》まみれにしてそれを屋上からダンジョン内部に流し込《こ》めばネバネバネバネバのベトベトっす！」

「えー……っ」

そんな浮遊《ふゆう》ダンジョン嫌《いや》だぞ。下手《へた》すりゃ地上に粘液《ねんえき》を撒《ま》き散らすことになるじゃんか。

イメージ悪すぎ。人間たちにキモがられること必至《ひっし》だ。

「まあまあ、サトル先生。今回はお遊びのようなものですから。というわけで追加です！」

ロレッタがスライムさんの要望である『流れるプールセット』をカートに入れる。

「ウホッ！　ウホッ！　ウッホオオオオッ！」

「へ？　ゴーレムさん、漫画制作《まんがせいさく》ルームが欲《ほ》しいのですか……？」

「完全に趣味《しゅみ》じゃねえか」

「んー、浮遊ダンジョンにも地下迷宮《ちかめいきゅう》と同じように住居《じゅうきょ》のスペースがありますし、趣味に類《るい》するオプションでもいいのでは？　それに雇用主《こようぬし》であるわたしとしても、今後はもっと福利厚《ふくりこう》生《せい》に力を入れるべきだと思っていましたし」

「福利厚生……」と神宮寺《しんぐうじ》が腕《うで》を組み、「一流を目指すなら必要なことかもしれないわね。日本の会社の中にも社内にお洒落《しゃれ》なカフェがあったり、働く女性のための託児所《たくじしょ》があったり、福利厚生に力を入れている会社があるし」

「そりゃ儲《もう》かってるところはな。っていうか社員が『あれくれこれくれ』ってねだるのはダメだろ」

「ま、ね」

「そのあたりはおいおい考えるとして、『漫画制作ルーム』を追加……っと！」

んー、ロレッタは身内に甘《あま》いところがあるからなー。

魔物たちに利用されないように神宮寺としっかり連携《れんけい》を取ったほうがいいな。

「「「「ウガアアアアアアア！」」」」

お次はウルフ軍団《ぐんだん》の要望——

「この『パーソナル浮遊装置』を使ってウルフ空挺部隊《くうていぶたい》を作りたい、と言っているわ」

「なんだ、その『パーソナル浮遊装置』ってのは？　まさか空飛べるの？」

「みたいです……。ただし十時間の魔力《まりよく》充電《じゅうでん》で空を飛べるのは十分程度《ていど》のようです」

どうやらプロペラがついた装置を背負《せお》って飛行するらしい。

これをワンコどもが使うとなると——間抜《まぬ》けな絵面《えづら》しか思い浮《う》かばない。

「たった十分か。だとすると奇襲《きしゅう》くらいにしか使えなさそうだな。つーか、このオプションつけるくらいだったら空を飛べる魔物を雇《やと》ったほうがお得じゃないのか？」

「「「「ウガアアアアアアア！」」」」

「空挺部隊は男のロマン——だと言っているわ」

「……んー、それはわからないでもないが」

「まあまあ、サトル先生。今回はお遊びですから」と言ってロレッタがパーソナル浮遊装置をカートに追加する。「あとはわたしと覇王《はおう》先生ですね。覇王先生、お先にどうぞ！」

「わ、私？」

何も考えていなかったのか、神宮寺《しんぐうじ》はきょとんとしていた。

「神宮寺。エロゲー一年分とか、そういうのは止めろよ？」

「そんなの選ぶわけないでしょう⁉　だ、だいたい……そんなのオプションの項目《こうもく》にあるわけないし……」

「あるっすよ？」

「あるのかよ⁉」「あるの⁉」

二人して驚《おどろ》く。

「自分で言っておいてなんだがそのオプションはダンジョンとなんの関係もないだろ⁉」

「あ……その隣《となり》にある端末《たんまつ》」

神宮寺が指で示《しめ》したのは『高性能魔法端末《こうせいのうまほうたんまつ》』なるもの。

どうやらいつも防衛中《ぼうえいちゅう》に使っている監視用《かんしよう》の端末と基本的《きほんてき》には同じものらしい。だがハイスペックモデルのようで敵《てき》の細かな情報を表示《ひょうじ》できるようになっているようだ。

「……私はこれで」

「悪くない選択《せんたく》だが、面白《おもしろ》みがまったくないな」

「面白みなんて必要ないから」

神宮寺がやれやれといった表情でおれから目をそらす。

「残るはロレッタっすねー」

「わたしはこの……えーと、これです。『空中庭園』が欲《ほ》しいです。ハーブの栽培《さいばい》がしたくて」

「いつも淹《い》れてくれるハーブティーの材料？」

「それもありますが、罠《わな》に使う毒草なども栽培できるので」

「……同じ庭園で口に入れられるものとそうでないものを栽培するのはどうかな」

そのうち間違《まちが》って防衛後のハーブティーに毒草が混入《こんにゅう》しちゃうんじゃね？

「さて、おいくらでしょうか――」

浮遊ダンジョンをベースに好き勝手にオプションを追加した結果……。

浮遊《ふゆう》ダンジョン――三百億デモン。
属性《ぞくせい》コントロール装置――十二億デモン。
流れるプールセット――二億デモン。
漫画《まんが》制作《せいさく》ルーム――五千万デモン。
パーソナル浮遊装置《そうち》（五組）――五兆デモン。
高性能魔法端末――一億デモン。
屋上庭園――三億デモン。
合計――五兆三百十八億五千万デモン。

「『パーソナル浮遊装置《ふゆうそうち》』だけ高すぎだろ⁉　一個《こ》、一兆デモンもするのかよ⁉」

「浮遊ダンジョンが安く感じられます……」

「どちらにしろ今の私たちには夢《ゆめ》のまた夢ね」

「そうですね。現在のわたしたちでも購入可能《こうにゅうかのう》なダンジョンと言ったら……」

ロレッタが『低価格帯商品《ていかかくたいしょうひん》』をクリックし、商品と値段《ねだん》を見比《みくら》べる。

「はぅー。この『お試しダンジョン』という初心者向けのダンジョンしか買えません……」

「自分で設置《せっち》するんだ、これ」

「しかも、紙でできているので雨風を凌《しの》ぐことができません」

「学生レベルの工作じゃない……」

「これはさすがにないっす！　人間たちにナメられるっす！」

もうすでに十分ナメられているような気がするが……。

まあそれは言わないでおくか。

その後――
合宿の締《し》めくくりということで実際《じっさい》にダンジョン建設会社を訪問《ほうもん》することに。

と言うのもロレッタが、

「やはり実物を見たほうがいいと思うのです。ネットで画像《がぞう》や値段だけ見ても、実際のダンジョンの雰囲気《ふんいき》とか、強度とか、そういうのはわからないですし」

と言い出したからだ。

これには誰《だれ》もが納得《なっとく》した。

大手の建設会社とはいっても自堕落《じだらく》な住人が多い魔界《まかい》の会社だし、投資詐欺《とうしさぎ》に引っかかったスライムさんの例もある。それにダンジョンは安い買い物ではない。

おれの親父も言ってたなー。家ってのは三回くらい建ててようやく納得のいく出来に仕上がるものだと。まあ親父も誰かの受け売りを口にしただけっぽいが。普通《ふつう》の会社員が一度の人生で購入できる家の数なんてどう頑張《がんば》っても一軒《いっけん》だけだろうし。

と、そんなわけで――

おれたちはロレッタの魔法でダンジョンドットコムを運営《うんえい》する建設会社に飛んだ。

……のだが……。

「覇王《はおう》先生！　前から敵《てき》が！」

「ロレッタ、後ろに退いて！　ゴーレムさん、ウルフ軍団《ぐんだん》、仕留《しと》めるわよ！」

「ウホッ！　ウホッ！」

「「「「ウガアアアアアアア！」」」」

聖剣《せいけん》デュランダルをかまえた神宮寺《しんぐうじ》と左右に展開《てんかい》したゴーレムさん&ウルフ軍団《ぐんだん》が目の前の金属生命体《きんぞくせいめいたい》に向かって攻撃《こうげき》を加える。

「ププピー……ッ⁉」

妙《みょう》な悲鳴を奏《かな》でながらその金属生命体は砕《くだ》け散った。

「……ちょっとどういうことよ。敵《てき》がいるなんて聞いていないわよ?」

神宮寺が鞘《さや》に剣をしまいながらおれたちを見回す。

「あ、あはは……。ここの社長さんは悪ノリがすぎることで有名ですからね……」

「悪ノリってレベルじゃねえぞ」

おれは前方に伸びる通路《つうろ》を眺《なが》めながらため息をついた。

ここは建設会社《けんせつがいしゃ》が展示《てんじ》しているモデルルームならぬモデルダンジョン——

ロレッタの顔見知りだという社長が言うには「見事最後の扉《とびら》を抜《ぬ》けたお客様にはダンジョンに追加するオプションを全品一割引《わりびき》でご提供《ていきょう》させていただきます!」とのことで、現在《げんざい》キャンペーン期間中らしい。しかも、この割引は今後十年にわたって有効《ゆうこう》だというので……。

「ただ複雑《ふくざつ》な迷路《めいろ》を抜けるだけのダンジョンかと思ったら、まさか敵がいるなんてね。武器《ぶき》を携帯《けいたい》していてよかったわ」

「今の金属の敵、口から炎《ほのお》吐《は》いてたんだが? 客を殺す気か?」

「でも動きはトロかったっすよ。たぶんあれは魔法の力で動かしている金属生命体っす。そんなに複雑な動きはできないっすよ。雑魚《ざこ》っす、雑魚」

「金属生命体はまだまだ発展途上《とじょう》の技術《ぎじゅつ》ですからね。おそらく進路上の敵を攻撃《こうげき》しろ、といった簡単《かんたん》な命令しかインプットされていないはずです」

「へー」

地球で言うところのロボットみたいなものかな？

そういやビジュアルもロボットちっくだった気がする。

ま、ともかく二人がそう言うんだったら過剰《かじょう》に心配しなくてもよさそうだな。

こっちには数百人の敵を一人で無双《むそう》できる神宮寺もいることだし。

ゴーレムさんとウルフ軍団もいるしな。

さすがにこの戦力で誰《だれ》かがやられるようなことは——

「……って、待てよ？　今、死んだらどうなるんだ？」

「うん？　サトル先生、どういう意味です？」

「だって『祭壇《さいだん》』はアップグレード中だろ？　ちゃんと機能するの？」

「えーと……それは……たぶん大丈夫《だいじょうぶ》なのではないかと……」

「自信なさげね」

「もしかして自分ら生命の危機《きき》っすか⁉」

「いやいや……モデルダンジョンだし、さすがに客の安全対策《あんぜんたいさく》くらいは……」

「プププピー！　プププピー！」

「くっ、また来たわね！　キモい鳴き声の金属生命体《きんぞくせいめいたい》！」

「覇王《はおう》っち！　とっとと破壊《はかい》するっす！　自分、死にたくないっす！」

「もう……だらしないわね！」

神宮寺《しんぐうじ》が再《ふたた》び交戦に入る。

といってもほんの数秒で二体とも撃破《げきは》してしまったが。

「ら、楽勝っすね！　覇王っちがいれば自分らの人生は安泰《あんたい》っす！」

神宮寺の余裕《よゆう》ある戦いぶりに安堵《あんど》したのかスライムさんがホッと胸《むね》をなで下ろす。

ま、たしかにこれなら楽々突破《とっぱ》できそうだな……。

「ふーっす。これを使うべきシチュエーションかと思ったっすけど、必要なさそうっすね」

「ん？　これとはなんです、スライムさん？」

「これっすよ、これ。この前、サトルっちと覇王っちが使ったペンダントっす」

スライムさんの道具袋《どうぐぶくろ》から出てきたのは――スレイブペンダント。

主従関係《しゅじゅうかんけい》のある二人が身につけ、『主』のペンダントと『従』のペンダントに分かれるそれはお互《たが》いが一定距離《いっていきょり》離《はな》れると『従』が『主』のいる位置にワープする特性がある。つまりご主人様からは逃《に》げられない、ということだ。

「このペンダントを覇王っちに渡《わた》しておけば、たとえトラブルが起きて離れ離れになったとしても瞬時《しゅんじ》にワープできるっす！　覇王っちに守ってもらえるっす！」

「なるほど。そういう使い方もあるか」

「まー、今回は必要ないと思うっすけどー」

「ってか、それロレッタの私物じゃなかったっけ？」

「ですです。スライムさんが貸《か》してほしいと言うので」と頷《うなず》くロレッタ。「と言いましても、もともとは父のものですけどね」

「へえー？　そうだったんすかぁ？」

「父の遺品《いひん》の中では圧倒的《あっとうてき》に扱《あつか》いにくい、使いどころが限定《げんてい》されたマジックアイテムなのですよね。わたしもついこの間まで存在《そんざい》を忘《わす》れていましたし」

「そういやよく見ると作りが細かいよな、そのペンダント。実は高価《こうか》なものだったりする？」

「あ、そう言えば生前、父が『膨大《ぼうだい》な魔力《まりょく》を内包《ないほう》した特別なアクセサリーだから売り払《はら》ったりしないでね』と言っていました。ただ父はよく贋作《がんさく》をつかまされていたようなので、これもちゃんと鑑定《かんてい》してみないことには価値あるものなのかはわからないです。父は気に入ったものはなんでもかんでも『特別なものだから』と言う人だったので」

「おいおい……ロレッタ。そんなこと言ったらスライムさんが質《しち》に入れるぞ」

「安心してほしいっす！　さっきも言ったっすけど、スレイブペンダントは自分の命を救うかもしれない大事なアイテムっす！　肌身《はだみ》離《はな》さず持ってるっすよ！」

そう言って腰《こし》の道具《どうぐ》袋《ぶくろ》にスレイブペンダントをしまうスライムさん。

その様子を横目で見ながら神宮寺《しんぐうじ》が、

「相変わらず他力本願《たりきほんがん》ね……」

「自分、戦闘要員《せんとうよういん》じゃないっすから！」

「神宮寺～。おれのこともちゃんと守ってくれよ～」

「……気色の悪い声を発しないで」

しかし、まああれだ。おれと神宮寺は『祭壇《さいだん》』の効果《こうか》が及《およ》ばない場所で死んでも、実際《じっさい》の死に繋《つな》がるわけじゃないんだよな。夢召喚《ゆめしょうかん》が解除《かいじょ》されるだけ。この場合の解除とは目を覚ますって意味ではなく完全に夢召喚の効果が失われるってことで、ロレッタから聞いた話では夢召喚は一人の人間に対して一生に一度しかかけることができない特別な魔法《まほう》だという話だから、死は避《さ》けることができるけど、その一方でロレッタたちがいるこの世界への渡航《とこう》が不可能《ふかのう》になってしまう。あまり想像《そうぞう》したくないことだけど、念頭に置いておくべき知識《ちしき》ではある。今回は大丈夫《だいじょうぶ》だと思うが、おれもスライムさんみたいに万が一のことを考えてなんらかの策《さく》を練《ね》っておいたほうがいいかもしれない。

「んー、分かれ道ですね」

「どっちに進もうか？」

道は左右に分かれている。

どちらも一本道で同じような通路がまっすぐ伸びている以外の特徴《とくちょう》はない。

「あ、また敵《てき》が来たっすよ！」

左右から二体ずつ、先ほどの金属生命体《きんぞくせいめいたい》がノロノロ歩いてきた。

「私が右をやるわ！　左は任《まか》せたわよ！」

「ウホッ！　ウッホ――ッ！」

「「「「ウガアアアアアアア！」」」」

右に神宮寺が、左にゴーレムさんとウルフ軍団《ぐんだん》が散る。

「ププププピ――ッ!?」

メイド姿《すがた》の神宮寺が振《ふ》るった豪快《ごうかい》な薙《な》ぎ払《はら》いにより右の二体を早々に撃破《げきは》。

一方、左の通路では――

いつものようになんの工夫もなく突《つ》っ込《こ》む両者の姿が。

もっとも敵は一定のパターンでしか行動できない金属生命体である。

正面から突っ込んでも問題はないと思うが……。

しかし――

ここでウルフ軍団が思わぬ行動に出た。

たぶんおれたちにいいところを見せようと思ったのだろう。以前、咲良《さくら》さんに敗れたときに見せた『フォーメーションペンタゴン』を披露《ひろう》した。

「「「「ウガアアアアアアアアアアアアア――ッ！」」」」

敵《てき》を囲むようにして四方八方に散るウルフたち。

ところが――

「ウガアアアアアアア⁉」

通路の奥側《おくがわ》に散った一匹のウルフが体勢《たいせい》を崩《くず》した。

「床《ゆか》が凹《へこ》んでる？　もしかして罠《わな》か何かを踏《ふ》んだんじゃ？」

そんな推測《すいそく》をおれが口にした直後のことだった。

「は？」「へ？」

おれとロレッタが立っている場所に異変《いへん》が起きた。

あろうことか突然《とつぜん》、床が抜《ぬ》け落ちたのだ。

「ひいいいいいい⁉」「きゃあああああ⁉」

重力には逆《さか》らえずおれたちはそのまま落下した。

†

「ぷはっ！」「ふぃー！」

落下した先には水が溜《た》まっていた。

そのおかげで怪我《けが》だけはせずにすんだが……。

「ロレッタ、大丈夫《だいじょうぶ》？」

「うー、ずぶ濡《ぬ》れです……」

「おれもだよ」

お互《たが》い全身ずぶ濡れ。とんだ災難《さいなん》である。

「まいったな。裸《はだか》になるわけにもいかないし――って、ロレッタ!?　何してんの!?」

「はい？」

とロレッタが大胆《だいたん》にもボタンを外し、服を脱《ぬ》ごうとしていた。

『濡れたままでは気持ちが悪いですから、裸になります！　サトル先生も早く！　ひと目を気にすることなく全裸《ぜんら》を晒《さら》す……最高に気持ちがいいですよ！』

……などといった性癖《せいへき》を満たすための行為《こうい》ではなく、

「じゃーん！　実は下に水着を着ていたのです！」

「や、やっぱり……。そうじゃないかと思ったんだよ……」

内心でドキドキしながらロレッタの水着姿《みずぎすがた》を見つめる。

「最近、よく湖で泳ぐので、こうして服の下に水着を着込《きこ》む習慣《しゅうかん》ができてしまいまして」

「へえ――」

って、スクール水着!? しかも最近の学校で使われているスクール水着とはデザインが違《ちが》うような……。もしかして旧スクール水着ってヤツか？ しかし、なんでこんなマニアックな水着を？ もしかしてスライムさんがどこからか入手したのか？

「うー、こういう場所で水着だけになるのはやっぱりちょっと恥《は》ずかしいです……」

「だよね。早いところこのモデルダンジョンから脱出《だっしゅつ》しないと」

おれはシャツを絞《しぼ》りながらふと上を見上げた。

すると天井《てんじょう》はどこもふさがっており、穴《あな》らしい穴は見当たらないではないか。

「ん……どうなっての？ おれたちどこから落ちてきたんだ？」

「元《もど》に戻ってます……？」

「まずいな。これじゃあ神宮寺《しんぐうじ》たちと合流できねぇぞ」

まだ穴が空《あ》いたままなら上に引き上げてもらっていたんだが。

「とりあえず魔法端末《まほうたんまつ》で連絡《れんらく》を取ってみますね」

「そっか。その手があったか」

「えーと……たしかポケットの中に……」

ロレッタが先ほどまで着ていた衣服から魔法端末《まほうたんまつ》を取り出す。

ところが――

「あ、あれ？　画面が真っ暗ですよ……？」

「さっき水の中に落ちたから故障《こしょう》したんじゃね？」

「うー、ありえる話です……。魔法端末は水に極端に弱い構造《こうぞう》ですから」

「となると、自力で脱出するしかないか」

「だ、大丈夫《だいじょうぶ》でしょうか？」

「……最善《さいぜん》を尽《つ》くすしかないな」

目の前には上と同じく通路が伸びている。

背後《はいご》に道はない。今しがた着水した水場があるだけだ。

どうやら前に進むしかないようである。

「よし、念のために……」

おれは腰《こし》に差している魔剣《まけん》を引き抜《ぬ》いた。

用心のため携帯《けいたい》していたのだ。

「が、頑張《がんば》りましょう」

ロレッタも所持していた魔法の杖《つえ》を手にした。普段着《ふだんぎ》にこれなら魔法使いっぽく見えるが今はスクール水着を着用しているので違和感《いわかん》ありありである。

「先に進もう」

「はい！」

武器《ぶき》を出したまま歩く。もちろん周囲を警戒《けいかい》しながらだ。さっきの金属生命体《きんぞくせいめいたい》が襲《おそ》ってきたら、今度はおれたちだけで対処《たいしょ》しなきゃなんねぇからな……。

しかし、二人だけでプププピーとか言いながら襲ってくるあの間抜け面《まぬけづら》をやれるのか？

一番の不安の種はそれだったが……しかし、そのような心配は杞憂《きゆう》に終わった。

なぜなら――

「またパズルか。こりゃ謎解《なぞと》きルート確定《かくてい》だな」

「そのようですね」

おれたちの前に立ちはだかるのは知恵《ちえ》が必要な謎解きばかりで一向に例の金属生命体は出現しなかった。たぶん上が戦闘《せんとう》を主体としたルートだったんだろうな。

「よし、解《と》けたよ」

「さすがサトル先生！　たった十秒で解くとは！」

「……はは、まあね」

苦笑いで答えるおれ。

日本のゲームからパクったパズルだってことは黙《だま》っておこう……。まあ難《むずか》しいパズルではないからたとえ初見だったとしても問題なかったと思うけど。

「……ん、この段差《だんさ》は」

パズルを解《と》いて先に進むと、今度は目の前にそそり立つ壁《かべ》が。

「乗り越《こ》えるのは難《むずか》しそうですね」

「よっ！　ほっ！　ぬおっ！」

助走をつけてのジャンプを何度も試みるが上にはまったく届《とど》かない。

目の前に現れた段差は自分らが立っている場所から見てバスケットのリングほどの高さはありそうだった。ダンクができるくらいの身長か跳躍力《ちょうやくりょく》があれば届きそうだけど……。

「ロレッタ……おれが四つん這《ば》いになるからその上に乗る感じで」

「え、えー。サトル先生の上に乗るのですか？」

「遠慮《えんりょ》はいらないよ」と言っておれは段差の前で四つん這いになる。「ほら、乗って」

「で、では……失礼して」

こんなとき某《ぼう》動画サイトだったらコメントが「ありがとうございます！」であふれかえるだろうなー、とか思いながらおれは背中《せなか》の上にロレッタが乗るのを待つ。

「……お、おう……」

もっと軽いかと思ったが、これは意外にも……。だがこのくらいなら問題なく支《ささ》えられる。

「どう、ロレッタ？　届きそう？」

「……ちょ、ちょっと厳《きび》しいかもです」

「無理か。じゃあ次は肩車《かたぐるま》だな」

じゃないかと思ったんだ。おれがジャンプしても届かないわけだからな。

と、そんなわけで——

「……よっと！」

「わ、わー、高いですー……っ」

ロレッタがふらふらと前後に揺《ゆ》れる。

「ちょー、ロレッタ、落ち着いてー」

「は、はひ……っ」

おれの頭を必死につかみ落ちないようバランスを取るロレッタ。前後に揺れる度におれの頭の上にロレッタの豊満な胸《むね》が乗ったり降《お》りたりするのは仕方のないことである。

「うー、うー……っ」

「大丈夫《だいじょうぶ》。おれがしっかり支《ささ》えているから」

そう言ってロレッタの足をよりがっちり抱《かか》える。

弾力《だんりょく》のある太股《ふともも》がおれの肩の上でプルプルと震《ふる》えるのがわかった。

「も、もう平気です……。あとは段差の上に——」

おれが目の前の壁にぶつかるくらい接近《せっきん》すると、上のロレッタもそれに合わせて段差に引っかかるように前傾姿勢《ぜんけいしせい》になった。

「よし！」

上手《うま》く乗り移《うつ》れたみたいだな。

あー、よかったよかった……。ってロレッタだけ上ってどうすんだよ？　おれは？　おれはどうやって上にいくの？　ロレッタの腕力《わんりょく》ではおれを上に引っ張《ぱ》り上げるのは不可能《ふかのう》だと思うし。んー、どうするよ……。

「サトル先生！　上に縄梯子《なわばしご》があります！」

「縄梯子？」

「はい！　ここにこうして括《くく》りつければ……。どうぞ、サトル先生！」

「おお……！」

絶対《ぜったい》に上れないと思っていたから縄梯子が蜘蛛《くも》の糸みたいに思えた。

「ふー、なんとかなったなー」

「これで先に進めますね」

「だね」とおれは頷《うなず》き、「しっかし……このダンジョン、本格的《ほんかくてき》すぎない？」

「たしかにモデルダンジョンとは思えない完成度の高さです。ですが、今の段差みたいに仲間同士で協力し合う必要のある仕掛《しか》けというのは面白《おもしろ》いですね。参考になります」

「ああ。こういうアイデアはおれたち使ったことなかったね。機会があったら、おれたちもやってみよう。協力ミッション的なのを。……あ、逆《ぎゃく》にさ？　冒険者《ぼうけんしゃ》同士で争わせる、競《きそ》わせるようなギミックってのはどう？」

「さすがサトル先生！　素晴《すば》らしいアイデア！」

「何かと応用《おうよう》が利《き》くアイデアだよ、これ」

「では地下迷宮《ちかめいきゅう》のメンテナンスが終わったら、じっくり考えてみることにしましょう！」

「だね。そうしよ、そうしよ」

「それでは——冒険の続きです！」

「おー！」

戦闘《せんとう》が一切ない謎解《なぞと》き主体のダンジョンというのはおれとロレッタ好みの構成《こうせい》である。

もちろん突破《とっぱ》する側の心理としてだ。

作る側に立った場合は違《ちが》う。おれは魔物《まもの》だけ、罠《わな》だけ、という配置は絶対《ぜったい》にしない。どちらか一方に偏《かたよ》るとおれたちのように「謎解きが得意なタイプ」にも、神宮寺《しんぐうじ》たちのように「戦闘が得意なタイプ（神宮寺はどっちも得意だが）」にも楽をさせてしまう。両方を同時にぶつけたほうが敵《てき》に与《あた》えるプレッシャーはやはり大きいのだ。バリエーションで勝負するのがダンジョン防衛《ぼうえい》の基本《きほん》と言える。

たった一つ苦手なものがあったために撤退《てったい》せざるを得なくなる……。

防衛側としてはそういうのが理想だ。

もちろん強い魔物《まもの》を雇《やと》ったり、質《しつ》の高い罠《わな》を作ること、が前提《ぜんてい》としてあるけれど。

「うー、また肩車《かたぐるま》です……？」

「……それしかないかな」

その後は肩車、また肩車、さらに肩車、と協力プレイをこれでもかと押《お》しつけてきた。

極めつけが順番通りに踏《ふ》んでいく必要がある床《ゆか》スイッチ——

しかも一度踏んだスイッチは踏みっぱなしにしなければならなくて……。

「ひゃんっ⁉　サトル先生、そんなところ触《さわ》っちゃダメです⁉」

「や、でも……こうしないと届《とど》かないし……」

碁盤《ごばん》の目状《じょう》に並《なら》ぶ床スイッチは全部で八つあり、両手両足を駆使《くし》して全押しを目指さなければならなかった。押《お》す順番は作為《さくい》に満ちていて、お互《たが》いの身体《からだ》が接触《せっしょく》するのは当然として、大事なところに触《ふ》れそうになるシチュエーションがてんこ盛《も》りだった。

「えー！　次は青いスイッチです⁉　む、無理ですよ、届きません！」

「頑張《がんば》れ……ロレッタ！　最後の一つだ……！　それを押せば扉《とびら》が開くはずだから！」

励《はげ》ましの言葉を送る現在のおれはロレッタの太股《ふともも》の間に頭がおさまっている状態《じょうたい》である。

早くこの太股から解放されたい……。

そう願ってやまないわけだが果たして信じてもらえるだろうか？

それにしても——

一体どこのどいつだよ、こんなけしからん謎解《なぞと》きを用意したヤツは。

多少の微《び》エロ展開《てんかい》なら許容《きょよう》できるけど、これは正直あとで気まずくなるパターンですよ？

こういうのはもっとさりげない塩梅《あんばい》でお願いしたい。

――と思う今日このごろなのだが、果たして信じてもらえるだろうか？


「……はぁ……はぁ……とても疲《つか》れました……」

「おれもだよ」

肉体的にも精神的《せいしんてき》にも疲れ果てた。

これ以上、まだ何かあるってことになったらロレッタがぶっ倒《たお》れかねないぞ。

内心で心配しながら開いた扉《とびら》を抜《ぬ》ける。

すると――


「おめでとうございます！　お客様で百組目のカップルです！」

パン！　パン！　とクラッカーを鳴らしながらおれたちを祝福《しゅくふく》したのは黒いスーツを着たオークと思《おぼ》しき緑色の魔物だった。背中《せなか》に棍棒《こんぼう》のようなものを背負っているが、そこにはツッ

コまないでおいた。その代わり、

「百組目のカップル？　どういうことだ？」

「あれ？　お客さん、ご存《ぞん》じなかったんですか？　このモデルダンジョンには戦闘主体《せんとうしゅたい》の通《つう》常《じょう》コースと、恋人と愛を育《はぐく》むことを目的としたカップルコースの二つがあるんですよ。お二人が通ってきたルートがまさにそのカップルコースでして」

「……カップルコース」

ああ、納得《なっとく》──

だからああも身体《からだ》を密着《みっちゃく》させる必要に迫《せま》られたわけだ。

「カ、カップル？　わたしとサトル先生が……カップル……？」

「おやおや。可愛《かわい》いカノジョさんですね。顔、真っ赤になってますよ？」

「わわわ、わたしごときがサトル先生のカノジョだなんて……！」

ごときってのは卑下《ひげ》しすぎだと思うが、ロレッタらしい慌《あわ》てっぷりである。

「いやー、本当に可愛いですねー」と言いながらオークがおれに顔を寄《よ》せ、「（お客さん、もしかしてロリコンっすか？　スク水着せるとかマニアックっすね！　ふひひっ）」

「……こいつ」

客に向かって言うことかよ。これだから下賤《げせん》なオークは（偏見《へんけん》）。

「にしても……なんでモデルダンジョンにカップルコースなんてあるんだ？」

「それはもちろん一人でも多くのお客様にダンジョンを身近に感じてもらいたいからですよ。お客様はご存じないかと思いますが、このカップルコース、デートスポットとして雑誌《ざっし》で取り上げられましてね、日に日にお客様が増《ふ》えているんですよ。また当社ではマイホームならぬマイダンジョンをカップルの方におすすめしておりまして——……」

「……そっすか」

話が長くなりそうだったのでおれは早々に会話を打ち切った。

「というわけで、これ記念品です。受け取ってください」

「……どうも」

オークがでかい手で差し出してきた小さな袋《ふくろ》をおれは受け取る。

百組目のカップルとか言ってたからその記念だろう。

「中には私の顔をかたどったメダルが入っています」

「もうちょっとマシなものにしろよ！」

思わず放り投げそうになったが寸《すん》でのところで思い留《とど》まった。

ただでもらったものだし、このオークにしても悪気なさそうだからな……。

ペンションに戻《もど》ると、ロレッタにメンテナンス会社から連絡《れんらく》があり、あと数時間で全ての作業が完了《かんりょう》し、中に入ることができるようになるとのことだった。

†

リゾート地ですごす最後の時間に何をするのか——

みんなで話し合った結果、水着に着替《きが》え、湖で泳ぐことになった。

もう飽《あ》きるくらい泳いではいるのだが、全員で一緒《いっしょ》に泳いで遊んだことは一度もなかった、ということにロレッタが気づいたのだ。

「せっかくリゾート地に来たんですし、最後くらいみんなで楽しみましょう！」

そう言ってスクール水着姿《すがた》（着替えずにそのまま戻ってきたのだ）のロレッタが一足先にペンションの外に飛び出した。

おれたちも水着に着替えるとすぐにロレッタのあとを追った。

美少女たちの水着姿を堪能《たんのう》できるとあっておれのテンションは急上昇《きゅうじょうしょう》。

合宿の最後にご褒美《ほうび》が待っていた！　と意気揚々《いきようよう》とペンションを出たのだが……。

「——ん、ロレッタ？　その人は？」

外に出たところ、ロレッタは湖には行かず、一人の少女と向き合っていた。

ロレッタと同じく小柄《こがら》で——だが温和なロレッタとは違《ちが》い冷たい目をしている。

オッドアイというヤツだろうか、左右で目の色が違う。

「ユニスさん、お久《ひさ》しぶりです！　こんなところで会うなんて奇遇《きぐう》ですね？」

知り合いなのか、ロレッタが笑顔でその少女に駆《か》け寄《よ》る。

と——

「あれ？　そういえば今は学校の時間では？」

「学校なら辞《や》めました」

ユニスと呼《よ》ばれた少女が抑揚《よくよう》のない声で言った。

「へ？　辞めた？　どうして……？」

「あなたに勝つためです」

「勝つ？　わたしに？」

「……そう、私は——」

ユニスが長い髪《かみ》をかき上げながらロレッタに告げた。

「——私はあなたに代わって魔族《まぞく》を統《す》べる王になり、そして人間の世界を征服《せいふく》する！」

それはロレッタに対する宣戦布告《せんせんふこく》であった。

人間に対しても同じ意味合いである。

「ど、どういうこと……です？　ユニスさん？」

ロレッタの疑問《ぎもん》は当然おれたちにも言えることだった。

「……いきなりなんだ？」

「彼女、ロレッタの知り合いみたいだけれど……見た感じ友好的な相手ではなさそうね」

「そうだな」

神宮寺《しんぐうじ》の意見におれは頷《うなず》きを返す。

見るからに敵意《てきい》丸出しだもんな。

ロレッタを見る目も、言葉も、言動の全てがそうであると言える。

だが――

このユニスという少女を見るロレッタの目には……。

戸惑《とまど》いが浮《う》かんでいる。

久《ひさ》しぶりですね、とか言ってたし、もともと仲の悪い相手ではなかったのか？

会話から察するに同じ学校に通っていたクラスメイトっぽいが……。

「ユニスさん？　一体何があったのですか？」

「…………っ」

「たしかにユニスさんは在学中《ざいがくちゅう》、よくわたしに勝負事を持ちかけてきていましたけど、わたしに代わって魔族《まぞく》の王になるとか、人間の世界を征服《せいふく》する、というのは……本気なのですか？」

「……えっ……と……それは……」

ユニスが懐《ふところ》から手帳のようなものを取り出した。

パラパラとページをめくっている。

そして、

「……私はあなたに……勝つためならなんでもします」

とまるで予《あらかじ》め用意しておいた台本を読むように手帳をチラ見しながらの発言。

なんだかたどたどしいな……。実は口下手《くちべた》なのか？

「ロレッタ。私はあなたに代わって魔族の王になり、そして人間の世界を征服します！」

それさっき言ったから。

「そのために学校を辞《や》めたというのですか……？」

「……あ、いや、辞めたわけではなく……休学しただけと言うか……」

また手帳をチラ見するユニス。どうやらただセリフを口にするだけなら大丈夫《だいじょうぶ》っぽいけど、質問《しつもん》されると途端《とたん》に対応《たいおう》が鈍《にぶ》くなるようだ。アドリブが利《き》かないんだな。

「……学校を辞めたのは……いや、休学したのは……あなたに勝つためで、それで……」

さっきからループしてないか？

なんだか頼《たよ》りない子だな——

「ユニス！　あんた、口下手なんだから無理しないの！」

そのときペンションの裏手《うらて》から別の少女が飛び出してきた。

内向的なユニスとは異《こと》なり、こちらはいかにも活発そうな女の子だった。

服装《ふくそう》は薄手《うすで》のカラフルなパーカーにショートパンツの組み合わせ。

栗色のポニーテールが背中《せなか》で揺《ゆ》れている。

「あんたがロレッタね？」

その活発そうな少女がロレッタに向かって睨《にら》みを利《き》かせた。

「え……えっと？」

「ユニスの家系《かけい》はね、大昔に魔《ま》王《おう》一族に大恥《おおはじ》をかかされたことがあるの。ユニスの一族はそのことをずっと根に持っていて、いつか魔王一族に取って代わるために、何世代にもわたって『魔界ナンバー2』の座《ざ》に甘《あま》んじ、陰《かげ》でコソコソ財を積み上げてきたのよ！　そして、今……この瞬間《しゅんかん》からナンバー1になるための反撃《はんげき》が始まる……これはそのための宣戦布告《せんせんふこく》よ！」

「え？　え？　え？」

「私はユニスの相棒《あいぼう》――いえ、友達！　私は必ずユニスをナンバー1にしてみせる！　そのためならなんだってやってやるんだから！　覚えておきなさい！」

一方的にまくし立てるパーカー少女――

その顔を見た瞬間《しゅんかん》、おれの頭の中で軽い混乱《こんらん》が起きた。

と同時に……。

「……な、なんでお前が……ここにいるんだよ⁉」

見覚えのありすぎる少女を目の前にし、おれはそう叫《さけ》ばずにはいられなかった。

「へ？　サトル先生のお知り合いなのですか？」

「ちょっと待って……。ここでキミの知り合いに会うということは……」

勘《かん》のいい神宮寺《しんぐうじ》は突然《とつぜん》現《あらわ》れたパーカー少女の正体にいち早く気づいたようだった。

このユニスという女の子に夢召喚《ゆめしょうかん》された地球人ではないか、と言いたのだろう。

その予想は合っている。

だけど――

おれとこいつの関係性まではわかるまい。

「あまり紹介《しょうかい》したくないんだが――」

とはいえ言わなきゃ始まらない。

仕方ないな……。

「こいつは――成宮雫《なるみやしずく》。苗字《みょうじ》でわかるだろ？　おれの妹だよ」

CASE4　真・ラストダンジョン！

十日ぶりに戻《もど》ってきた地下迷宮《ちかめいきゅう》——

だがゆっくりする暇《ひま》もなく、おれたちは緊急会議《きんきゅうかいぎ》に臨《のぞ》んだ。議題はもちろんロレッタの元クラスメイトであるユニスと、彼女が夢召喚したに違《ちが》いないおれの妹のことである。

あのあと——

ユニスと雫はおれたちに宣戦布告《せんせんふこく》すると、その後は一切の話を受けつけず、長距離移動魔《ちょうきょりいどうま》法《ほう》の『プーラ』でさっさと帰ってしまった。ちょうど同じころ、メンテナンスが終わったとの報告《ほうこく》を受け、おれたちは釈然《しゃくぜん》としない気持ちのままリゾート地をあとにすることになった。

「——……と、わたしとユニスさんの関係はそのような感じです」

「うーん。根深いものがありそうだなぁ」

おれの推測《すいそく》通《どお》り、二人は同じ学校のクラスメイトで、ロレッタは魔界《まかい》のトップに君臨《くんりん》する魔王の娘として、ユニスは魔界でも有数のエリート悪魔貴族《きぞく》として有名だったらしい。

現在《げんざい》の魔界は二人のような人型の知的階層《ちてきかいそう》が支配《しはい》しており、ロレッタが通っていた学校はそういう育ちのいい魔族《まぞく》が通う学校だそうだ。そして——ユニスは魔界のトップに君臨《くんりん》するロレッタ一族のことを快《こころよ》く思っていなかった……というのは先ほど雫《しずく》が、

「ユニスの家系《かけい》はね、大昔に魔王一族に大恥《おおはじ》をかかされたことがあるの。ユニスの一族はそのことをずっと根に持っていて、いつか魔王一族に取って代わるために、何世代にもわたって『魔界ナンバー2』の座《ざ》に甘《あま》んじ、陰《かげ》でコソコソ財《ざい》を積み上げてきたのよ！」

と言っていたからまず間違《まちが》いないだろう。

当のロレッタはそういった事情を知らなかったようだが、聞けば在学中《ざいがくちゅう》、ユニスにことある度《たび》に勝負を吹《ふ》っかけられていたらしい。

が——

どうもロレッタは「受けて立ちます！」と正々堂々とした勝負を好むことから、ユニスの敵《てき》意《い》に気づいていなかったようなのだ……。

ロレッタらしいエピソードである。

「それにしてもサクラさんの次はサトル先生の妹さん……ビックリです」

「や、そう驚《おどろ》くことでもないぞ、ロレッタ」とおれはロレッタが淹《い》れてくれたハーブティーを飲みつつ自分の見解《けんかい》を述《の》べる。「神宮寺《しんぐうじ》、おれ、咲良《さくら》さん、でもってうちの妹の雫。これまでまったくの他人が夢召喚《ゆめしょうかん》されたことはない」

「夢召喚は召喚者の願望を叶《かな》える効果《こうか》があって、私の苦手な相手としてキミや咲良さんが、そ

してキミに対して妹さんが召喚された……ということよね？」

向かいのソファーに座《すわ》る神宮寺が優等生《ゆうとうせい》らしくおれの考えを読んだ。

……そう。

だから雫が夢召喚されたのは偶然《ぐうぜん》ではなく必然なのだ。

というか、もっと早く気づくべきだった。夢召喚の性質からいって自分と親しい人間、顔見知りが敵《てき》になる可能性《かのうせい》は十分にあったわけで。しかも最近、雫はおれより就寝《しゅうしん》時間《かん》がずっと早かった。こういうことが起こるかもしれない——という想定くらいはしておくべきだった。

「んー？　ってことは、サトルっち、妹に弱いってことっすかー？」とスライムさん。

「…………あー……」

おれは反論《はんろん》できず固まってしまった。図星だったのだ。

「キミの妹さんの噂《うわさ》は聞き及《およ》んでいるわ。中等部の有名人だから」

「有名かぁ？」

雫は鹿子《かし》前学園《まえがくえん》の中等部に通っている。

おれも神宮寺も高校からの編入組《へんにゅうぐみ》なので一つ年下の雫と同じ校舎《こうしゃ》ですごしたことはない。

だが神宮寺は雫の存在を知っていたらしい。面識《めんしき》はなさそうだが。

「成績《せいせき》に偏《かたよ》りはあるものの、理数系の科目は断《だん》トツ。プログラミングの全国大会で内閣総理《ないかくそうり》大《だい》臣賞《じんしょう》を受賞したと聞いているわ」

「まあ成宮《なるみや》家の名に恥《は》じない程度《ていど》の才能《さいのう》は有しているな」

「……どの口が言うわけ？」

神宮寺《しんぐうじ》が呆《あき》れたような目でおれを見る。直後、「サトル先生だって素晴《すば》らしい才能をお持ちですよ！」とロレッタがフォローしてくれた。ロレッタ、マジ天使。

「でも、私の想像《そうぞう》とはだいぶ違《ちが》っていたわ。理数系《けい》に強いと聞いていたからてっきり口数の多い成宮君とは違って、内向的な性格《せいかく》かと思っていたから」

「あいつは無駄《むだ》にアクティブだよ」

雫《しずく》はぶっきら棒《ぼう》だが、面倒見《めんどうみ》がいいので友達に頼《たよ》りにされている……らしい。というのは知り合い伝いに聞いた話で、本人から知り得た情報ではない。

明るく快活《かいかつ》で、クラスの中心人物である一方、オタク気質《きしつ》なところがあり——そういう意味では神宮寺にタイプが似《に》ているかもしれない。

「そして、キミの苦手な相手、と」

「そうなのですか？」

「……まあ」とおれは表情を歪《ゆが》め、「苦手っつーか……ここ最近、まともに口利《き》いてない」

「あまり仲よしではないということです……？」

「だね……」

雫は反抗期《はんこうき》真《ま》っ只中《ただなか》。友達は多く、外面《そとづら》もいいが、身内に対してはメッチャ冷たい。とりわけおれに対しては汚物《おぶつ》を見るような目で「……キモい」とか言う。しかも、こっちが話しかけても無視《むし》する癖《くせ》に、自分の要求だけは一方的に突《つ》きつけてくる。

「……とにかく、あっちが何を企《たくら》んでるのかわからない以上、ラスダンの防衛網《ぼうえいもう》を強化しておくのが何よりも先決だと思う。備《そな》えあれば憂《うれ》いなしって言うしな」

「成宮君、なんとか妹さんを説得できないかしら？　バカなことはやめなさい、って」

「……言われなくてもそうするつもりだ」

だが上手《うま》くいく保証《ほしょう》はどこにもない。つか、無理っぽい気がしている……。

……………はぁ。気が重い。

敵対《てきたい》するなら神宮寺のほうがよほどマシ——

そう思えるほど、おれは近ごろの雫が苦手なのだった。

†

「おい、雫。待てよ」

おれは朝の通学路をセーラー服姿《すがた》で歩く妹の背中《せなか》に呼《よ》びかける。

「…………」

だが無視である。最近は家でもこの調子。

「……お、おーい、雫《しずく》さーん？」

おれは歩調を上げ、振《ふ》り返りもしない雫の前に回り込《こ》む。

すると――

「……もう……なーにぃ？」

面倒《めんどう》くさそうに足を止め、頭を掻《か》きながらおれを見据《みす》えた。

「冷静に話し合おう」

「はぁ？　話し合うことなんてなんもないしー」

「あるだろうが！　超《ちょう》大事な話が！」

本当は朝食のときに話を聞くつもりだったんだが……。

朝起きたら飯も食わずに出ていこうとしてたからな、こいつ。

おれの追及《ついきゅう》を振り切るつもりだったのは明白だ。

……くそ、腹減《はらへ》った。

「……もぐもぐ」

「なっ、ホットサンドだと？　どこに隠《かく》し持ってやがった？」

「……もぐもぐ」

「なんて行儀《ぎょうぎ》の悪いヤツだ。おれにもよこせ！」

「やだよー」

雫は器用におれの猛攻《もうこう》をかわしつつ、ホットサンドを口に運ぶ。

「……もうホットサンドはいい。それより宣戦布告《せんせんふこく》の件《けん》だ。詳細《しょうさい》プリーズ」

「……………もぐもぐ……もごっ」

雫はホットサンドを食べ終えると今度はトートバッグの中からペットボトルを取り出した。

しかもおれが冷蔵庫《れいぞうこ》の奥《おく》に隠しておいたミルクティーを。

「お前、ふざけんなよ」

「……………ごくごく……」

ミルクティーを飲みながら雫が冷笑を浮《う》かべる。

こいつ性格悪すぎ！　一体、誰《だれ》に似《に》たんだ？　おれか？　……ああ、おれだな。

「お前、あのユニスって子を手伝ってるんだよな？」

「……………」

「おれたちのことはどこまで知ってる？」

「……………」

「ユニスって子、魔界《まかい》では知らない者がいないくらい有名な貴族《きぞく》なんだってな」

「……………」

ダメだ。応答《おうとう》がない。完全におれの声をシャットアウトしてやがる。

こんなんどうやって説得すりゃいいんだよ？

昔は——小学生のころは可愛《かわい》い妹だったんだけどな。いつもおれの後ろに引っついてきて、「お兄ちゃんがやるならあたしも！」が口癖《くちぐせ》だった。真似《まね》っ子だったよなぁ。

「雫《しずく》、会話しようぜ。会話のキャッチボール……」

「…………」

「あ、ほら、お前の好きなBL同人誌《どうじんし》買ってやるから」

「…………え」

BL同人誌という言葉に一瞬《いっしゅん》、反応《はんのう》した雫だったが、

「って、なんで私の趣味《しゅみ》知ってんのよ⁉」

とものすごい勢《いきお》いでおれのほうを振《ふ》り返った。

「だいぶ前のことだが、リビングのテーブルの上に置きっぱなしになってたことがあってな。親父に見つかるとまずいと思って、お前の部屋に移動《いどう》しといたが。感謝しろよ？」

「……だ、誰《だれ》が感謝《かんしゃ》なんて！」

雫はおれを非難《ひなん》するような目で睨《にら》みつけると、そっぽを向いてしまった。

うーん。咲良《さくら》さんの弟のたけしみたいにもので釣《つ》れるかと思ったんだが。

雫には通用しないみたいだ。

つか、趣味を暴露《ばくろ》されて怒《いか》りが先に立ったっぽいな。ま、当然か……。

その後の雫は頑《かたく》なだった。何を言っても聞く耳持たず——

こうして時間だけがすぎていき、そうこうしているうちに学校が見えてきた。

「なあ、雫──」

「……兄貴《あにき》」

校門の前まで来てようやく雫が口を開いた。

こちらを振《ふ》り返り、真剣《しんけん》な眼差《まなざ》しで告げる。

「私、兄貴には……ぜっっっったい負けないからっ。身内だからとか家族だからとか、そんなの関係ない。私は兄貴に勝つ。そして、必ずユニスをナンバー1にしてみせる。だから兄貴もそのつもりで」

「お前、本気で言ってんのか？」

「当たり前じゃん」

雫は溌剌《はつらつ》とした声で答えると、高等部の校門を通りすぎ、なだらかな坂を登り始めた。

中等部と高等部は隣《とな》り合っているが校門の場所は異《こと》なるのだ。

「あっちは戦う気満々か。こりゃ一筋縄《ひとすじなわ》じゃいかねぇな……」

にしても──

ユニスをナンバー1にするって具体的にどうするつもりなんだろうか？

†

その日の夜——

「つーわけで、説得は失敗。愚妹《ぐまい》が迷惑《めいわく》をかけて申し訳《わけ》ない」

おれはみんなに頭を下げた。

今後のことを思うと、今から謝《あやま》っておいたほうがいい、という判断《はんだん》である。

「サトルっち、監禁《かんきん》っす、監禁！　実の妹だろうとなんだろうと容赦《ようしゃ》しちゃダメっす！」

「あっちで監禁したって寝《ね》たらこっち来るじゃん。つか、そんなことしたらおれ捕《つか》まる。日本はこっちと違《ちが》って法律《ほうりつ》が厳《きび》しいんだから」

「成宮《なるみや》君ならやりかねないけれど……」

「やらねーよ！」

ったくおれをなんだと思ってるんだ、こいつは。

「まあ説得は続けるよ。あと説得以外に何かいい手がないか併《あわ》せて考えてみるつもりだ」

「わたしもメールを送ってユニスさんを説得してみるつもりです」

温和なロレッタらしい対応である。まあ相手はクラスメイトだもんな。

おれと雫《しずく》の関係とある意味では同じだ。見知った相手と敵対《てきたい》するのは気分的によくないし。

「ロレッタはあの子と争う気はないのね？」

「ん━……正々堂々とした勝負なら受けて立ってもいいのですが、ユニスさんは人間の世界を征服《せいふく》すると言っていました」

「ああ。ロレッタは世界征服なんて望んでいないものな」

「はいです」とロレッタが小さく頷《うなず》き、「ユニスさんが人間のみなさんを巻《ま》き込《こ》んででも、わたしに勝とうと思っているのなら、その考えを改めてもらいたいのです」

「よく言った。おれはロレッタを支持《しじ》するぞ」

「偉《えら》いわ、ロレッタ」

なでなで━━

おれと神宮寺《しんぐうじ》は二人してロレッタの頭をなでた。

「覇王《はおう》っちとサトルっち、愛娘《まなむすめ》を慈《いつく》しむ夫婦みたいっすね━」

「誰《だれ》と誰が夫婦だって？」「気色の悪いこと言わないでくれる？」

「ほら。息だってピッタリっす」

「あのな……」

おれと神宮寺の息が合うのは中心にロレッタがいるときだけだからな？

つまりこいつとかろうじて仲よくできているのは全てロレッタのおかげなのだ。

「そういや、あれ？　もしかして今日は訪問者《ほうもんしゃ》なし？」

おれは地下迷宮《ちかめいきゅう》の見取り図が表示《ひょうじ》されている魔法《まほう》の鏡《かがみ》を見ながら言った。冒険者《ぼうけんしゃ》が内部にいるのなら赤い点で示《しめ》されるはずなのだが、画面には味方の魔物と罠《わな》の表示しか見当たらない。

「そのようです」

「昨日までずっとメンテやってたもんな」

「一応《いちおう》、ブログに『地下迷宮復活《ふっかつ》！』の記事をアップしたのですが、昨日の今日ですからまだ十分に周知できていないようですね」

「ブログなんてやってたんだ」

「あ、はい。『本日の地下迷宮』というブログ名で。内部情報をリークするわけにはいきませんのでウルフさんたちの顔芸やゴーレムさんの描《か》いた絵をアップロードしたり、基本的《きほんてき》に当たり障《さわ》りのない情報を小出しにしているだけの地味なブログですけれど」

「……うーん。もはやなんのブログだかわかんねぇな」

つーか、ここの常連《じょうれん》たちはチェックしてないいんじゃないのか？

「それじゃー、自分が街に出向いてそれとなく情報を流してくるっすよー」

「んまあ、のんびりすごせるのならそれはそれでいい気がするが」

「ですが締《し》まりのない生活を送っていると、いざというときに防衛《ぼうえい》に失敗してしまうかもです」

「たしかに」と神宮寺《しんぐうじ》が頷《うなず》く。

「この先、どんどんダンジョンを増《ふ》やしていくつもりですし、それを思うと、やはり最低限《さいていげん》のアピールは必要だと思うのです。たとえば砂漠《さばく》のど真ん中とか、海底とか、普通《ふつう》ダンジョンは人気《ひとけ》のない場所に作るものですから、なんの宣伝《せんでん》もなしだと、下手《へた》をすれば何百年も人間のみなさんに気づいてもらえない可能性《かのうせい》があります」

「でも、あからさまな宣伝はどうかと思うなぁ。もしやるなら海底のダンジョンに『伝説の武《ぶ》器《き》』が眠《ねむ》っている、っていう情報をそれとなく流すとか、そういう感じにしないと」

「ですね！　それはその通りだと思います！」

「ま、なんにしろ今日は防衛に励《はげ》まなくてもいいみたいね」

「ちょっと早いですがお茶の時間にしましょうか」

本日の来訪者《らいほうしゃ》はゼロ――

その理由は昨日までメンテナンスを行っていたから。

このときは誰もがそう思っていた……。

しかし――

二日、三日と時間がすぎても一向に冒険者たちは姿《すがた》を見せなかった。

「どういうことでしょう……？」

「うーん」

さっぱりわからん。どうなってんだ？

せっかく昨日で中間テストも終わって、これで現実《げんじつ》でも新しい罠《わな》のアイデアを練《ね》る時間が確《かく》保《ほ》できる、と喜んでたのに。閑古鳥《かんこどり》が鳴いてんじゃ腕《うで》の振《ふ》るいようがないぞ。

「長いこと地下迷宮《ちかめいきゅう》を閉めていたから人間のみなさんに忘《わす》れられてしまったです……？」

「でもスライムさんがそれとなく情報を流してくれてるんだろ？　酒場とかで」

「はい。三日前からそうしてもらっています」

「それで……一人も来ないというのはやっぱり変よね」

向かいのソファーにロレッタと並《なら》んで腰《こし》かけている神宮寺《しんぐうじ》が左右の足を組み直す。

熟考《じゅっこう》しているようだが頭脳明晰《ずのうめいせき》な神宮寺にも答えは見出《みい》だせないようだ。


「大変っす！　大変っすよ――っ！」


スライムさんが玉座《ぎょくざ》の間に飛び込《こ》んできたのはそんなときだった。

「どうしました、スライムさん？　そんなに慌《あわ》てて？」

「城《しろ》っす！　地下迷宮の近所にでっかい城が建ってるっす！」

「なんだって？」

「えーと、地下迷宮の入り口の監視《かんし》カメラは――」

スライムさんがコンソールを操作《そうさ》し、魔法《まほう》の鏡《かがみ》に地上の様子を映《うつ》し出す。

「角度が悪いっす……もっと南側に向けて……この角度っす！」

「わっ！」「おお？」「これは……」

画面に映し出された『巨大な城』としか形容《けいよう》しようがない建造物《けんぞうぶつ》を見たおれたちは三者三様のリアクションを示《しめ》した。驚《おどろ》いたという意味ではみんな一緒《いっしょ》である。

「近所にこんなお城ができていたなんてまったく気づきませんでした……」

「おれら基本《きほん》、外に出ないからな。つか、おれ地上が……地下迷宮の周辺の地形がどうなっているのかすら知らなかったぞ。街に行くときは魔法で飛んでいくし」

「スライムさんはどうやってこの城のことを知ったの？」

神宮寺が訊《き》く。もっともな質問《しつもん》だ。スライムさんにしたって街に偵察《ていさつ》に行くときは使い捨《す》ての魔法の書を使っているから地上の様子は把握《はあく》していないはずだ。

「街でこんなビラが配られていたっす！」

そう言ってスライムさんが差し出したビラにはこんなことが書かれていた。


『地下迷宮なんて時代遅《おく》れ！　真のラストダンジョンはこちら！　総工費《そうこうひ》一千億デモンを費《つい》やした地上五十階建ての豪華《ごうか》仕様《しよう》！　その名も「ユニス城」！　今、五階のボスを倒《たお》すと伝説の武器《ぶき》が手に入るキャンペーンを実施《じっし》中《ちゅう》！　※止《とど》めを刺《さ》した冒険者《ぼうけんしゃ》の方のみが入手できます。

ボスは一日五体のみとさせていただきます。ご了承《りょうしょう》ください』

ユニス城《じょう》――

あからさますぎて推測《すいそく》するまでもなかった。

「あいつらの仕業《しわざ》か！」

「地上五十階建て……。高層《こうそう》ビル並《な》みの高さね」

「はえー。一千億デモンもするお城《しろ》、すごいです」

ロレッタが口をポカーンと開けて魔《ま》法《ほう》の鏡《かがみ》に映《うつ》し出されたユニス城を眺《なが》める。

「感心してる場合じゃないっす！　あっちは金にものを言わせてキャンペーンを打ちまくって地下《ちか》迷宮《めいきゅう》から冒険者《ぼうけんしゃ》を根こそぎ奪《うば》うつもりっす！　自分らも対抗策《たいこうさく》を練《ね》るっすよ！」

「いやー、しばらくこのままでいいんじゃね？　おれら貧乏《びんぼう》だし。冒険者が来るとそれだけでお金が減《へ》るだろ？　防衛費《ぼうえいひ》とかで。セシリアのおかげで収支《しゅうし》は大幅《おおはば》にプラスになったけど、資金難《しきんなん》が解消《かいしょう》されたわけじゃない」

「つまり今は貯蓄《ちょちく》に専念《せんねん》しようってこと？」と神宮寺《しんぐうじ》。

「そういうこと」

「サトル先生、ダメですよ！　一刻《いっこく》も早く手を打たなければ！」

「……お？」

どうしたんだろう？　温厚《おんこう》なロレッタがこんなに憤慨《ふんがい》するなんて。

たしかに雫《しずく》たちのやり方は褒《ほ》められたものではないけれど——

「ロレッタ、手を打つって具体的にどうすんの？」

「えっと……えっと、お客を奪《うば》い返します！」

奪い返すって——

わざわざ冒険者を地下迷宮に招《まね》き入れる必要はないと思うんだがなぁ。

「ちょっと補足《ほそく》するっす！」とここで魔法端末《まほうたんまつ》で情報を集めていたスライムさんが、「あっちはかなりえげつないキャンペーンを打ってるみたいっす！　このビラには書いてないっすけど、人間を堕落《だらく》に誘《いざな》うキャンペーンが目白押《めじろお》しっす！　宝箱《たからばこ》の中身がとにかく豪華《ごうか》なんすよ！　五階のボスを倒《たお》すと伝説の武器《ぶき》が手に入るっていうキャンペーンだって、ボスと言いつつ、身動き一つしない銅像《どうぞう》を破壊《はかい》するだけの簡単《かんたん》なお仕事っす！　なんの苦労《くろう》もせずに利益《りえき》が得られる仕組みになってるっすよ、あのユニス城《じょう》は！」

「……バラマキってヤツか。そりゃ冒険者が殺到《さっとう》するわけだ」

「でもそんなお城なら遅《おそ》かれ早かれ誰《だれ》かが攻略《こうりゃく》してしまうんじゃない？」

神宮寺の鋭《するど》い意見——

だがスライムさんによると、ユニス城はある階層《かいそう》から攻略が難《むずか》しくなるらしい。

まだ詳《くわ》しい情報は仕入れていないとのことだが……。

「とにかくあちらは冒険者《ぼうけんしゃ》に甘《あま》い汁《しる》を吸《す》わせているのね。主に低階層《ていかいそう》で」

「でもって上の階層は防衛《ぼうえい》が厚《あつ》いと」

「たぶんほとんどの冒険者は低階層だけで満足してるっす。上に行くのは一部のベテランや正《せい》義《ぎ》感《かん》の強い冒険者だけっすよ」

「ふ、不健全です。とっても不健全です……！」

自分の理念《りねん》と相反《あいはん》するユニス城《じょう》の運営方針《うんえいほうしん》にロレッタが唇《くちびる》をとがらせる。

「にしても……いつの間にあんな巨大《きょだい》な城《しろ》を？」

「工事に着手したのは地下迷宮《ちかめいきゅう》がメンテナンスに入った直後っす！　建設業者《けんせつぎょうしゃ》から聞いた話っすから、これは間違《まちが》いないっす！」

「たった十日であのお城を建てたのですか⁉」

ロレッタの驚《おどろ》きはおれたちの驚きでもあった。

嘘《うそ》だろ……。そんな短期間で建てられるものなのかよ。地上五十階建てだろ？

「ユニス一族は金持ちっす！　きっとそうとうな人員を費《つい》やしたに違いないっす！」

「だろうな」

でも、十日はいくらなんでも早すぎないか？

地球と同じ感覚で語るべきことではないのかもしれないけどさ……。

「み、みなさん、こうしてはいられません！　至急《しきゅう》、作戦会議を開きましょう！　お題は『ユニス城からお客を奪《うば》い返すためにはどうしたらいいか？』です！」

「や、だから冒険者はお客じゃないから」

んー、ロレッタはどうしてもユニス城から冒険者を奪い返したいみたいだな。

不健全だからってのは……まあわかるけど、ただ今のところこちらに不利益《ふりえき》は生じていないわけで。つか、雫《しずく》たちは何がしたいんだ？　大金叩《はた》いて城建てて、冒険者を誘い込んで甘い汁を吸わせて……。人間たちを堕落《だらく》させるのが目的なのか？

「サトル先生！　作戦会議を！」

「ん、ああ。まあロレッタがそこまで言うなら、ちょっと対抗策《たいこうさく》を考えてみようか」

個人的《こじんてき》にはもう少し様子見したいところだけど――

うちの愚妹《ぐまい》が異世界《いせかい》の人々に迷惑《めいわく》をかけているのは事実だからな。

現実での説得と並行《へいこう》して、こちらでもぼちぼち仕掛《しか》けていくとしよう。

「わたしたちにお金はありません……。ですが！　ダンジョン運営《うんえい》ならこちらのほうが先輩《せんぱい》です！　何かいい手があるはずですよ！」

「だな。ノウハウはあるもんな」

こういうときは慌《あわ》てず騒《さわ》がず過去《かこ》の事例を参考に。

ふむ。過去の事例と言ったら……。

「……そうか」

雫《しずく》のこの金にものを言わせた冒険者《ぼうけんしゃ》の囲い込《こ》みは、以前、教会が駆《か》け出しの冒険者向けに販《はん》売《ばい》した『スターターパック』や、神宮寺《しんぐうじ》を悪者に仕立てあげて冒険者を先導《せんどう》した一連の強引な手法に通ずるものがある。

となれば——

あの件《けん》から学んだことを活《い》かすことができれば今回もあるいは……。

†

翌日《よくじつ》の日曜日——

「………ダメだ」

おれは自室で頭を抱《かか》えていた。

ユニス城《じょう》に対抗《たいこう》する手段《しゅだん》は過去《かこ》の事例から学べるはず。

そう思ったのだが、昨日の会議中は建設的《けんせつてき》な意見が何一つとして出てこなかった。

そして今も……。

「そうだよ。今回は教会のときと違《ちが》って、攻《せ》め込まれているわけじゃないんだ……」

セシリアと対立したときは、あちらの仕掛《しか》けに対して地下《ちか》迷宮《めいきゅう》で何かが起きる、というシンプルな構図《こうず》だったから、こちらも罠《わな》を張《は》ったり、神宮寺を出動させたり、と教会側の打つ手に即座《そくざ》に対応《たいおう》することができ、またあちらの作戦に影響《えいきょう》を与《あた》えることができた。

しかし――

今回の騒《さわ》ぎは地下迷宮ではなくユニス城で起きているのだ。

つまりおれたちは蚊帳《かや》の外。

舞台《ぶたい》の上ではなく、観客席に座《すわ》っているのだ。

だから――

「冒険者を振《ふ》り向かせるためには……」

あちらと同じ手を使うしかない。積極的に宣伝《せんでん》を打ち、冒険者が喜ぶようなお得なキャンペーンを行い、冒険者をラスダンに呼《よ》び込むしか――

「いや、それはダメだ……」

ロレッタが望んでいるのは魔族《まぞく》と人間の健全な対立関係。

ダンジョン運営《うんえい》は商売ではないのだ。

教会や雫たちの考えはロレッタの理想と真っ向から対立するもの。

ミイラ取りがミイラになってはいけない。

でも……どうするよ？

――ガチャ。

「ん、雫か？」

隣《となり》の部屋の扉《とびら》が開く音がした。

おれは寝転《ねころ》がっていたベッドから勢《いきお》いをつけて起き上がる。

まったく妙《みょう》な話だ。異世界《いせかい》で敵対《てきたい》している相手と、こうして同じ家で暮《く》らしているなんて。

だからってスライムさんが言ってたみたいに雫《しずく》を拉致《らち》監禁《かんきん》するわけにはいかねーけど。

さすがのおれも犯罪《はんざい》に手を染《そ》めるつもりはない。

でも――

上手《うま》くやれば手の内くらい探《さぐ》れるかもしれない。

それにちょうど雫に訊《き》いてみたいことがあったし……。

「んじゃ、ちょっくら偵察《ていさつ》にいってみますかねぇ」


「雫」

おれは台所で牛乳パックをラッパ飲みしている雫に声をかけた。

が、案の定、無視《むし》である。

早くも挫《くじ》けそう……。いや、頑張《がんば》れおれ。これもロレッタのためなんだから。

「お前、金にものを言わせてやりたい放題やってるみたいだな」

「…………ふぅ」

雫は空になった牛乳パックをゴミ箱に放った。

「正直お手上げだ。今のところこちらに対抗策《たいこうさく》はない。はっきり言って無策だ。……ただ、一つ疑問《ぎもん》があるんだが——お前、なんのためにこんなことやってんだ？」

「………んー？」

ようやく雫がおれの呼《よ》びかけに応《おう》じた。

「お前、ユニスを一番にしたいんだろ。あんな城《しろ》作ってなんの意味がある？　冒険者《ぼうけんしゃ》がたくさん集まるダンジョンを作ったから魔界《まかい》ナンバー1だとでもいいたいのか？」

「兄貴《あにき》、何言ってんの？」

「いや、至極《しごく》まっとうな質問《しつもん》だと思うんだが……」

どうも話が嚙《か》み合っていないな。

「あのさ、そもそも魔界って世襲制《せしゅうせい》だろ？　たとえ客観的に見て一番になれたとしても、ロレッタが魔界を背負《しょ》って立つ人物だってことは揺《ゆ》るがないんじゃねーの？」

「…………ぷ」

あ、鼻で笑われた。おれなんか変なこと言った？

「なんだよ、その訳知《わけし》り顔」

「……兄貴ってホント無知だね。少しは勉強したら？」

雫は、無知は罪《つみ》だとでも言いたげな顔でおれをあざ笑った。

寝《ね》ている間にバリカンで髪《かみ》の毛全部刈《か》ってやろうか——と思う程度《ていど》には憎《にく》たらしかったが、怒《いか》りをぶつけるよりも先に確認《かくにん》するべきことがあった。

「雫《しずく》。お前、何か知ってるのか？」

「…………別にぃ」

と言いながらおれに背《せ》を向ける雫。

「ちょ、ちょっと待てよ！」

おれは咄嗟《とっさ》に雫の背中に手を伸《の》ばしていた。

「……きゃっ⁉」

「んあ？」

おれとしてはパーカーのフードをつかんだつもりだったのだが——

「変なところ引っ張《ば》るな！　変態《へんたい》！」

「ごがっ⁉」

……どうやらブラの紐《ひも》まで一緒《いっしょ》に引っ張っていたらしい。

容赦《ようしゃ》なくぶん殴《なぐ》られた。

「バカ兄貴《あにき》……。あとで覚えておきなよ……」

はあああぁー。思春期の妹ってホント面倒《めんどう》くせぇ。

まあ思春期じゃなくてもブラの紐はあかんかったな……。

結局、「少しは勉強したら？」という雫の言葉の真意を知ることはできず――

解答《かいとう》を得るためには夜を待つ必要があった。

†

待ちに待った夜――

おれは全員がそろうのを待ってからロレッタに昼間のことを伝えた。

なぜ雫はおれの話を聞いて鼻で笑ったのだろうか、と。

すると、

「じ、実を言いますと魔界のトップは世襲制《せしゅうせい》ではありません……」

「――え？　そうなの？」

「誰《だれ》も魔王《まおう》になりたがらないからいつの間にかわたしの家系《かけい》が魔王の称号《しょうごう》を継承《けいしょう》するのが通例になってしまっただけなのですよ。もう何百年もそうなので……」

「自分、知らなかったっす！」

「ウホッ？」「「「「ウガァー？」」」」

どうやら魔界の住人たちさえ知らないレアな情報だったようだ。

「具体的にはどういう手順を踏《ふ》むの？」

神宮寺《しんぐうじ》の質問《しつもん》。魔王《まおう》になるためにはどうしたらいいのかってことだろう。

「えっとですね、魔界の最高議会である魔議会で承認《しょうにん》される必要があるのですが、誰《だれ》でも立候補《りっこうほ》できるわけではありません。条件《じょうけん》として『人間界に拠点《きょてん》を設《もう》けること』、『その拠点が人間にとって脅威《きょうい》であること』の二つが挙《あ》げられます」

「なるほど。だからあんな城《しろ》を建てたのね」

「だと思います」

……ってことは、ロレッタが焦《あせ》ったように「お客を奪《うば》い返しましょう！」って言ってたのも同じ理由からか。あちらが魔王になるための手順を踏《ふ》んでいるのに気づいて……。

「あれ？　その二つの条件を満たせば、ってことは、ロレッタは以前から魔王になる資格《しかく》を有していたってことだよな？　どうして今まで魔議会の承認を得ようとしなかったんだ？」

忘《わす》れがちだが現在《げんざい》のロレッタの肩《かた》書きは魔王ではなく悪魔神官見習いである。

他の称号《しょうごう》がどうやって得られるものなのかはわからないが、少なくとも魔王の称号は先ほどの二つの条件を満たし、魔議会に認《みと》められれば獲得《かくとく》できるものらしい。

「だって、わたし、まだまだ未熟《みじゅく》ですし……それに父もご先祖《せんぞ》様たちも、魔王の称号を得るのはダンジョン運営《うんえい》を三年以上経験《けいけん》してから、と決めていたようですから」

「三年以上ってのがリアルだな。でもわからないでもない」

「もっと勉強して、一人で防衛《ぼうえい》できるようになったら、と個人的《こじんてき》には考えています」

「でもロレッターー。あっちは近々、魔議会の承認を受けるつもりなんじゃないっすかー？」

「……うーん、その可能性《かのうせい》はたしかに……」

「ん、ちょい待ち」とおれは会話に割《わ》り込《こ》み、「ロレッタとユニスが魔議会とやらに同時に魔王になるための申請《しんせい》手続きを行ったらどうなるんだ？　選挙《せんきょ》とかになるの？」

「そうですね。といっても国民投票みたいに大げさなものではなく、魔議会の議員さんたちによる投票のみですが」

「……面倒《めんどう》なことにならなければいいのだけれど」

神宮寺が憂鬱《ゆううつ》そうな顔で嘆息《たんそく》する。

こらこら、ロレッタの前でため息なんてつくな。

「成宮《なるみや》君、妹さんの説得は進んでいる？」

「正直言って厳《きび》しい」

「でしょうね」とまたもため息をつく神宮寺。「ロレッタのほうは？」

「えっと、わたしも穏便《おんびん》に解決《かいけつ》できないものか、と思って何度かユニスさんにメールを送ったのですが、『実力行使』とか『先手必勝』とか『温故知新《おんこちしん》』といった四文字熟語《よんもじじゅくご》が返ってくるだけで、取り合ってくれないのですよ……」

「前の二つはわからないでもないけど、温故知新って何が言いたいんだ」

日本の四文字熟語が浸透《しんとう》しているのも謎《なぞ》だが。

「ともかく、これ以上、後手《ごて》に回るわけにはいかない。ユニスが魔議会《まぎかい》の承認《しょうにん》を――となったらロレッタも名乗りを上げなきゃだし、今から対策《たいさく》を練《ね》っておかないと」

「選挙対策《せんきょ》ということになるわね」と神宮寺《しんぐうじ》。

「つっても、選挙なんて経験《けいけん》ないからなぁ」

――ピロピロリーン。

「あ……噂《うわさ》をすればユニスさんからメールが……っ」

「もしかしてまた四文字《よんもじ》熟語《じゅくご》でも返ってきた？」

「いえ…………これは――っ」

ロレッタが魔法端末《まほうたんまつ》を覗《のぞ》いた瞬間《しゅんかん》――

――ピピピピピピッ！

メールの着信音とは別の耳障《みみざわ》りな音があたりに響《ひび》いた。

最初はロレッタの魔法端末から流れる音だと思ったのだが。

「ん、なんだこの音。一向に止まる気配が……」

「サトル先生？　どうかされましたか？」

「や、なんかピピピって音が……って、みんな聴《き》こえてない？」

――ピピピピピピッ！

耳元で響くけたたましい音。

どう考えても目覚ましの類《たぐい》である。

「……これ、もしかして……現実の音が……流れ込《こ》んで——……ッ」

意識《いしき》が遠のいたかと思いきや——

その直後、現実で覚醒《かくせい》を果たした。

「……うるせえええええ！」

おれは布団《ふとん》を足で蹴《け》り上げ、飛び起きた。

さらに電気の紐《ひも》を引っ張《ぱ》って部屋に明かりを点《つ》ける。

——ピピピピピピピッ！

「くそ、どこだ？　どこからだ？」

鳴っているのは枕元《まくらもと》の目覚ましではない。

仕掛《しか》けた覚えのない目覚ましが鳴っているのだ。

…………間違《まちが》いなく雫《しずく》の仕業《しわざ》。

しかも——

この目覚まし攻撃《こうげき》は以前おれもやったことがある。

咲良《さくら》さんを会談《かいだん》の場から離脱《りだつ》させるため、弟のたけしに目覚ましの設置《せっち》を頼《たの》んだアレだ。

――ピピピピピピピッ！

「………あいつ、おれと同じ手を！　クソが！」

説得ですむならそれが一番いいと思っていたが……。

もう止めだ、止め。

雫《しずく》にはお仕置きが必要だ。

キツイキツイお灸《きゅう》をすえてやらなければ――

「って、目覚ましどこだよ⁉　マジで⁉」

このあと――

おれは明け方近くまで音の発生源《はっせいげん》の捜索《そうさく》に励《はげ》むことになった。

雫が仕掛《しか》けたのはスマホサイズの液晶《えきしよう》付き携帯端末《けいたいたんまつ》で、音は端末にインストールされた目覚ましアプリによるものだった。しかも、目覚ましを止めるためには四桁《けた》のパスワードを打ち込《こ》まなくてはならず――当然、パスワードなんて知るわけないから困惑《こんわく》した。ぶっ壊《こわ》して止めることも検討《けんとう》したが、直後に電源を切ればいいことに気づき、ことなきを得た。

ちなみに雫は部屋にいなかった。また我《わ》が家は防音《ぼうおん》が無駄《むだ》に効いているのと、目覚まし音が小さかったことから（おれには耳障《みみざわ》りだったし、目を覚ますには十分な音量だったが）一階で寝《ね》ている両親が目を覚ますことはなかった。

見つかった携帯端末は全部で七個《こ》――

アホかと思う。

過去《かこ》に自分も同じ手を使ったとはいえ、不快《ふかい》なものは不快である。

「……許《ゆる》さん。雫、許さんぞ。今に見ていろ……」

眠たい目を擦《こす》りながら頭をフル回転させる。

異世界《いせかい》を巻《ま》き込んだ雫との戦い――

無駄にスケールの大きい兄妹喧嘩《きょうだいげんか》が今始まろうとしていた。

†

夜が明け――

おれは神宮寺《しんぐうじ》からのメールで、ユニスが魔議会《まぎかい》に魔王承認《しょうにん》の申請書《しんせいしょ》を提出《ていしゅつ》したことを知った。どうやらおれが落ちる直前にユニスから届《とど》いたメールの内容《ないよう》がそれだったらしい。

これを受け、ロレッタも同様の申請書を提出。

候補者《こうほしゃ》が二名になったことから、魔議会は選挙《せんきょ》の準備《じゅんび》に入った。

同じ日の放課後――屋上にて。

「じゃあ、やっぱり部屋に目覚まし時計が？」

「や、あれはたぶん中古で手に入れた携帯端末《けいたいたんまつ》に自作のアプリをインストールしたものだ。目覚ましアプリなんて珍《めずら》しくないけど、よく調べたら『ゴミ兄貴《あにき》専用《せんよう》目覚まし』ってアプリ名だったし、どう考えても自作」

「……才能《さいのう》の無駄遣《むだづか》いとはこのことね」

神宮寺《しんぐうじ》が風になびくスカートを手で押《お》さえながらため息をつく。こいつ、昨日からため息続きだな。

「妹さん、昨日は自宅《じたく》にいなかったのよね？」

「昼間はいたんだが、どうやら夕食後に都内で大学生やってるイトコの姉ちゃんとこに転がり込《こ》んだみたいだ。去年、地方から上京して今一人暮《ぐ》らしやってるイトコがいてな。昔から仲いいんだよ、雫《しずく》とは」

「今後の拠点《きょてん》というわけね」

「……見事に異世界《いせかい》でも現実でも先手を打たれちまった」

――バカ兄貴……。あとで覚えておきなよ……。

一昨日《おととい》の出来事がふと脳裏《のうり》をよぎった。

まさか雫のヤツ、ブラの紐《ひも》を引っ張《ば》られたからこのタイミングで魔議会《まぎかい》に申請書《しんせいしょ》を？ ついでにおれへの嫌《いや》がらせにアラームを？

……だとしたら気短すぎだろ。

まあ魔議会への申請書は遅《おそ》かれ早かれって感じだったが。

「成宮《なるみや》君。相手が妹さんだからって今まで手を抜《ぬ》いていたんじゃないでしょうね？」

「なんだと？」

「ふふ、それとも妹さんのほうがキミより有能ってことかしら？」

「兄より優《すぐ》れた妹などいないわ、ボケ！」

「そうは言うけど、いつものキミならとっくに妹さんの弱みにつけ込んで、片《かた》をつけているころだと思うのだけれど？」

「…………一応《いちおう》、身内だし、説得できるならそのほうがいいと思ったんだよ……」

「本当に苦手なのね、妹さんが。昔から仲が悪いの？」

「昔はメッチャ仲よかったよ。でも……最近は」

「思春期特有の家族に対する嫌悪感《けんおかん》かしら」

「ま、そんなところだろう」

「それにしても妹さんにも困《こま》ったものね……。お金の力にものを言わせて好き放題……」

「神宮寺的に、あいつのやり方どう思う？」

ため息をつく神宮寺《しんぐうじ》におれは問いかけた。

「はっきり言って危険《きけん》な舵取《かじと》りだと思うわ。城《しろ》の建設《けんせつ》にしても、防衛《ぼうえい》のやり方にしても、魔議《まぎ》会《かい》への申請《しんせい》のタイミングにしても——何もかもが急すぎるわ。地盤《じばん》というものは、もっと時間をかけて固めていくべきよ」

「おれもそう思う。……暴走《ぼうそう》がすぎる。誰《だれ》かがあいつを止めないと、今に大変なことになる。冒険者《ぼうけんしゃ》に甘《あま》い汁《しる》を吸《す》わせる雫《しずく》のやり方は危険極まりない。つか、伝説の武器《ぶき》なんて無闇《むやみ》に与《あた》えんなーっての。……敵《てき》を強化してどうすんだよ」

「キミの言う通りよ」と神宮寺が頷《うなず》き、「ようやく目が覚めたみたいね？」

「……雫が仕掛《しか》けた目覚ましのお陰《かげ》かな」

まったく、やりたい放題やってくれる——

あいつの——雫の異世界《いせかい》でのやり方は絶対《ぜったい》に間違《まちが》っている。

正さなければならない。

おれにはその義務《ぎむ》がある。だっておれはあいつの兄だから、家族だから。

「目指すべき方向性は決まったな」

「そうね」と神宮寺が相槌《あいづち》を打ち、「夢召喚《ゆめしようかん》が召喚者の願望を叶《かな》える効果があるとは言え、咲《さく》良《ら》さんを召喚したセシリアには勝てたわけだから、今回の戦いだって覆《くつがえ》せるはずよ。その方法を一緒《いっしょ》に考えましょう。私も、自分にできることならなんだってするから」

「…………ほう」

今、なんでもするって言ったね？　言ったよね？　神宮寺生徒会長様？

「じゃあ、さっそく手伝ってもらおうかな」

「手伝い？」

「まあ……手伝いというか、提案《ていあん》というか……お願い？　みたいな……」

「なんなの？　もったいぶらずに言ってみなさいよ」

神宮寺がそう促《うなが》してきたので、おれは控《ひか》え目にこちらの要望を告げた。

「その、今日から――お前のマンションに泊《と》めてくれ！」

「…………は、はぁ!?」

おれの突拍子《とっぴょうし》もない提案に神宮寺は目を丸くし、声をひっくり返して仰天《ぎょうてん》した。

†

「……たしかに……たしかに自宅《じたく》を空《あ》けている妹さんが、キミの知らぬ間に自宅に戻《もど》ってまた目覚ましを仕掛けたり、他の方法で睡眠《すいみん》を妨害《ぼうがい》する可能性《かのうせい》は否定《ひてい》できないわけで、そう考えると妹さんと決着がつくまで家に帰らないほうが無難《ぶなん》なのかもしれないわ。でも、だからといってどうして私の家なの？　まあ……異世界《いせかい》の事情を知らない友達の家に泊《と》まったら、夜更《よふ》かししてしまうかもしれないし、そうなると一人暮《ぐ》らしをしている私のところに転がり込《こ》むのが理想だという成宮《なるみや》君の言い分は間違《まちが》っていないけれど――だからといって……っ」

「と言いつつ、マンションに案内してくれる神宮寺《しんぐうじ》であった」

「…………………不本意ながらね」

駅から十分ほど歩いただろうか。

神宮寺が暮らすマンションは高級住宅街にあるらしく、先ほどから高そうな家やマンションばかりが目につく。道も広いし、メッチャ静か。閑静《かんせい》な住宅街《じゅうたくがい》ってヤツだな。

「神宮寺？　まだ歩くのか？」

「……着いたわ。ここよ」

そう言って神宮寺が立ち止まり、目の前の建物を見上げた。

「お、おお！　すげぇ高そうだな！　家賃《やちん》いくら？」

目の前にそびえ立つ高層《こうそう》マンションはユニス城《じょう》ほどではなかったが、この住宅街の中では一番目立つ物件《ぶっけん》だった。高校生が一人で暮らすようなマンションではない。

「成宮君、我が家には様々なルールがあります」

「お、おぉ……？　なんだいきなり？」

「かろうじて同居《どうきょ》は許《ゆる》すけれど、一緒《いっしょ》に住むからにはキミにも我《わ》が家のルールに従《したが》ってもらうから、そのつもりで。厳《きび》しくいくわよ」

「わーってるよ。居候《いそうろう》らしく謙虚《けんきょ》に振《ふ》る舞《ま》うって」

検討《けんとう》の余地《よち》などなく却下《きやっか》されると思っていたから、提案《ていあん》が通っただけでも奇跡《きせき》だ。

まあ散々悩《なや》んだ末の結論《けつろん》だったけど。十分くらいずーっと唸《うな》ってたし。

「さっそくだけど成宮君？　しばらくそこのコンビニで時間を潰《つぶ》してくれないかしら？」

「ん？　それも神宮寺家の厳格《げんかく》なルールってヤツか？」

「……………そうではないけれど……と、とにかく！　しばらく待っていなさい！」

言うだけ言うと神宮寺はマンションの中に入っていった。

あー、部屋の中、散らかってんのかな？　や、まあ散らかってなくても最低限《さいていげん》の掃除《そうじ》くらいするか。人を泊めるわけだし。おれに見られたくないものとかもあるだろうしな。


神宮寺の部屋は十五階にあった。しかも角部屋である。

「ど、どうぞ」

「……お、お邪魔《じやま》しまーす」

神宮寺に促《うなが》され、部屋の中に足を踏《ふ》み入れる。

女の子の部屋——しかも一人暮《ぐ》らしをしている女子の部屋に上がるのなんて生まれて初めてのことだからさすがのおれも緊張《きんちょう》した。つか、神宮寺《しんぐうじ》も顔強張《こわば》ってるし。

「トイレとバスルームがそこの扉《とびら》で、廊下《ろうか》を進んだ先がリビングよ。ダイニングとキッチンは繋《つな》がっていて、あともう一つ部屋があるのだけれど……そこは私の寝室《しんしつ》だから絶対《ぜったい》に入らないように。まあ鍵《かぎ》がかかっているから勝手に入ることはできないけれど」

「……心得た」

なるほどな。見られたくないものは全部その寝室とやらに隠《かく》してあるんだな。となると物色するためにはベランダ伝いに——って何考えてんだ？　んなことしたら追い出されるぞ？

「ここがリビングよ」

「おお、けっこう広いな」

「寝《ね》るときはそこのソファーを使って。毛布《もうふ》や布団《ふとん》は用意してあるから」

「いいソファーじゃん。これなら問題なく眠《ねむ》れるぞ」

と言いつつ、勝手にソファーに腰《こし》を下ろす。そして部屋の中を見回した。

カーテンの色は意外なことにピンクで女の子らしさ全開。家具や電化製品《でんかせいひん》などはどれもいいものを使っているようで、さすが金持ちのお嬢様《じょうさま》といったところ。

また優等生《ゆうとうせい》らしく部屋には無駄《むだ》なものが一切なく、モデルルームのように整っていた。

だが——

よく見回すと壁《かべ》にポスターが貼《は》ってあった形跡《けいせき》が残っていたり（壁《かべ》の色が微妙《びみょう》に違《ちが》う）、テーブルの下に少年漫画《しょうねんまんが》雑誌《ざっし》が転がっていたり（たぶん見落としたのだろう）、神宮寺の普段《ふだん》の部屋の様子を示《しめ》す片鱗《へんりん》がそこかしこに残されていた。

ふむ。いつもはもっと散らかってるのかもしれないな。

実は私生活は超絶《ちょうぜつ》だらしなくて、部屋の中ではいつも下着《したぎ》姿《すがた》でぐーたらやってるとかだと面白《おもしろ》いんだが……まあさすがにそれはないか。

「さて、成宮《なるみや》君」

「ん？」

「くつろいでいる暇《ひま》はないわよ。キミにはこれから夕飯まで勉強してもらいます」

「…………は、はあ？　なぜそうなる？」

「居候《いそうろう》は口答えしない。我《わ》が家のルールに従ってもらいます」

「や、でも、中間テスト終わったばっかだぞ？　つか、なんだよ、そのルール」

「テストが終わった今だからこそ勉強するのよ。この機会に習慣《しゅうかん》づけなさい」

「…………く、やけに都合よくことが運ぶと思ったら」

神宮寺の厚意で住まわせてもらっているわけだから強く反対できん。

「それも苦手な数学……」

おれはソファーの背《せ》もたれに寄《よ》りかかったままテーブルの上の問題集を睨《にら》む。

「ひとまずこの問題集を……そうね。今日は五ページまで進めて。その間、私は買い物にいってくるから」

「買い物？」

「着替《きが》えは持ってきているみたいだけれど、その……しばらく一緒《いっしょ》に住むわけだから、必要なものを買いそろえなければならないでしょう？」

「たしかに」

「近所にスーパーとドラッグストアがあるからそこに行ってくるわ。キミは私がお店に着くまでに必要なものをメールに書いて送って」

「オッケー。了解《りょうかい》した」

「あとさっきも言ったけれど、寝室《しんしつ》は鍵《かぎ》がかかっているから中には入れないわよ」

「え、何？　もしかしておれ信用されてない？」

「当たり前でしょう？」

神宮寺《しんぐうじ》が制服姿《せいふくすがた》のまま高価《こうか》そうなショルダーバッグを肩《かた》に背負《せお》う。

「じゃ、行ってくるわ」

「あ、そういやメシはどうすんの？　コンビニ？」

「食事に関してはなんの心配もいらないわ」

「ん？　どういうことだ？」

意味がわからなかったのでそう訊《き》き返すと、

「私が作るということよ」

と言って神宮寺は不敵《ふてき》な笑みを浮《う》かべた。

え、作るって。だってお前の料理、アレだろ？　食えんの？


——トントントントン。

小気味いい包丁《ほうちょう》の音がキッチンに響《ひび》く。

真新しいまな板に新品の包丁を叩《たた》きつけているのはこの家の主である神宮寺理沙《りさ》。

「……お前、どうなってんのその包丁さばき？」

「なんのことかしら」

神宮寺はそう言いながらなおも包丁で食材を切る。

包丁、まな板、エプロン、と全てが真新しく、最近購入《こうにゅう》したのは明白だった。

こいつ……そうとう練習したな。

この間の料理対決がよほど悔《くや》しかったと見える。

しかし、あれから一週間も経《た》ってないってのになんて上達の早さだよ。

まぁ、とりあえずメシマズの心配はなさそうだな。よかった、よかった。

「勉強は？　終わったの？」

「ああ。今日の分はな」

「そう……」

「何か手伝おうか？」

「いいえ、いいわ。あとは煮込《にこ》むだけだし。リビングでテレビでも見ていなさい」

「……へーい」

おれはリビングに引き返し、言われた通りにテレビを点《つ》けた。

適当《てきとう》にニュースでも見ることにする。

右上に表示《ひょうじ》された時刻《じこく》を見るとすでに六時半を回っていた。

「ふわぁ……やべ、眠《ねむ》くなってきた」

テレビをぼーっと眺《なが》めていると急に眠気が襲《おそ》ってきた。

ああ、そういや雫《しずく》のせいで寝不足《ねぶそく》なんだった。

「……マジねみぃ」

真夜中に目覚ましで起こされてから一睡《いっすい》もできなかったからなぁ。

あとちょっとで七時か——

まだ寝るには早い時間だけど……でも、寝不足なんだから仕方ない。

「…………この匂《にお》いは……カレー……かな……」

お腹《なか》が減《へ》っていないわけではなかったが、今は食欲《しょくよく》よりも睡眠欲のほうが優先度《ゆうせんど》は高かった。

結果——

——ぐー。

おれは瞬《また》く間《ま》に眠りに落ちた。

「ちょ、ちょっと何寝てるのよ!?　もうすぐカレーできるのに！」

遠くで神宮寺《しんぐうじ》が騒《さわ》ぐ声が聞こえたが、すぐに聞こえなくなった。


早朝の異世界《いせかい》——

おれが玉座《ぎょくざ》の間に降《お》り立ったとき、ロレッタたちはまだ床《とこ》の中にいたようで、玉座の間は静寂《せいじゃく》に包まれていた。

「……あー、変な時間に寝ちゃったよ」

ってか、神宮寺に悪いことしたな。せっかく料理作ってくれてたのに。

でも、まあ寝不足だってことは伝えてあったし、察してくれるだろう。

「にしても早く来すぎたな……。ま、いいか。やることはいくらでもある」

おれはキャビネットから紙とペンを取り出し、雫たちに対抗《たいこう》するためのアイデアを文章にまとめ始めた。

一枚《まい》、二枚、三枚と紙を消費していると――

「はれ？　サトル先生？」

とパジャマ姿のロレッタが玉座《ぎょくざ》の間に姿《すがた》を現し、続いてスライムさん、ゴーレムさん、ウルフ軍団《ぐんだん》といつものメンバーが集まってきた。

その後、みんなで朝食を、ということでロレッタが手料理を振《ふ》る舞《ま》ってくれた。

異世界《いせかい》にいる自分は仮《かり》の肉体なので、別に食べ物を口に入れる必要はないのだが、ロレッタが作る料理は美味《おい》しく、ついつい食べてしまうのだった。

「サトル先生！　食後にハーブティーとクッキーをどうぞ！」

「おー、サンキュ」

うめー、うめー。

ロレッタが淹《い》れるお茶はマジ美味い。クッキーもおれ好みで甘《あま》さ控《ひか》えめだし。

異世界の住人たちと優雅《ゆうが》な時間をすごしていると、

「…………………」

場の賑《にぎ》やかさに反する暗い顔の女が玉座の間に降臨《こうりん》した。

「あれ？　覇王《はおう》先生も今日は早いですね？　いらっしゃいですー」

ロレッタが神宮寺《しんぐうじ》を明るい声で迎《むか》えるが、当の神宮寺からは返事がなかった。

どうも様子が変だな。さっきから無言で俯《うつむ》いたままだし。

ってかロレッタが言うようにまだ寝《ね》るには早いはずで。

「神宮寺、どうした？　急用か？（ボリボリ）」

クッキーを食べながらお伺《うかが》いを立てると、神宮寺がキッとおれを睨《にら》みつけ、

「…………………っ」

じりじりとにじり寄《よ》ってきた。

「お、おい、神宮寺。殺気立ってどうした？　あ、ほら、クッキーでも食って落ち着けよ。これロレッタの手作りだぞ？　美味いぞ？」

「……………………っ！」

「や、だから無言で近づいてくんなし⁉　え、何？　もしかしてあれ？　あの日か？」

「……………キミって人は……っ！」

おれの冗談《じょうだん》にならない冗談を受け、神宮寺がカッと目を見開いた。

その上、拳《こぶし》を振《ふ》り上げ、

「ひ、ひぇ！　鬼《おに》の形相⁉」

悲鳴を上げるおれをよそに神宮寺がさらに接近《せっきん》してきて……。

そして――

「…………この鈍感男《どんかんおとこ》！」

――ゴツ！

頭のてっぺんに強烈《きょうれつ》な痛《いた》みが走った。

「いってえええええええええええええええええええ!?」

ハンマーで殴《なぐ》られたかのような衝撃《しょうげき》――

もちろんそれは比喩《ひゆ》で実際《じっさい》に頭に落ちたのは神宮寺《しんぐうじ》のゲンコツ。

「サトル先生……痛《いた》そうですぅ……」

「どうせサトルっちが覇王《はおう》っちを怒《おこ》らせるようなことをしたんっす。自業自得《じごうじとく》っす」

「そうなのですか……？」

いやいやいや――

こっちは睡眠不足《すいみんぶそく》だったんだぞ？　この仕打ちはないだろ？

「おい……神宮寺」

「ふんっ」

結局、神宮寺の機嫌《きげん》がその日のうちに直ることはなかった。

どうやら神宮寺にとって同居《どうきょ》の件《けん》はおれが思う以上の葛藤《かっとう》を引き起こしていたらしい。

明日以降《いこう》が思いやられる一幕《ひとまく》であった。

CASE5　最強の守護神

数日後——地下迷宮《ちかめいきゅう》の玉座《ぎょくざ》の間にて。

「……へ？　ユニス城《じょう》に乗り込むのですか？」

「ああ、もうそれしかないと思うんだ」

おれの提案《ていあん》に驚《おどろ》いたのはロレッタだけではなかった。

「どういうつもり、成宮《なるみや》君？」と神宮寺が疑問《ぎもん》をぶつけてきた。「今は選挙対策《せんきょたいさく》に力を入れるべきときなのに。選挙までもう一週間しかないのよ？」

「そ、そうですよ、サトル先生。選挙に勝たないと……この地下迷宮はユニスさんのものになってしまうのですよ？」

そう——

魔王《まおう》という肩書《かたが》きには絶大《ぜつだい》な権力がある。

人間の世界にあるダンジョンは全て魔王の管理下《かんりか》に置かれることになるのだ。

ユニスが魔王になれば当然この地下迷宮は没収《ぼっしゅう》されるだろう。そうしたらロレッタは路頭《ろとう》に迷《まよ》うことになる。慣《な》れ親しんだ——生まれ育ったダンジョンを奪《うば》われてしまうのだ。

父親から受け継《つ》いだ意志《いし》は砕《くだ》かれ、世界競合《きょうごう》というロレッタの目標も潰《つい》えてしまう。

選挙《せんきょ》の結果次第《しだい》では何もかも失ってしまうのだ……。

「選挙が大事なのはわかってる。でも、スライムさんが言うにはユニス側に不穏《ふおん》な動きがあるらしくて、まともな選挙は期待できなさそうなんだよ。そうだろ、スライムさん？」

「その通りっす！　ユニスはその豊富《ほうふ》な資金力《しきんりょく》を生かして魔議会《まぎかい》の議員たちの票《ひょう》を買収《ばいしゅう》するつもりっす！　ぶっちゃけこちらに投票で勝ち目はないっす！」

「買収？」と神宮寺《しんぐうじ》が眉《まゆ》をひそめ、「公職選挙法《こうしょくせんきょほう》違反《いはん》じゃないの？」

「魔界では買収なんて日常茶飯事《にちじょうさはんじ》っす！　金持ってるヤツが一番偉《えら》いっす！」

「残念ながら……そうなのですよ。票をお金で買っても誰《だれ》も咎《とが》めないと思います」

汚職《おしょく》まみれの魔議会——

まあ不思議でもなんでもない。だって魔界だし。

「それで？　ユニス城《じょう》に乗り込《こ》む、という言葉の真意は？」

神宮寺の問いかけに対し、おれはニヤリと笑みを浮《う》かべ、

「投票では勝ち目がない。……ならやることは一つ——妨害工作《ぼうがいこうさく》だ」

「妨害工作？」

要約しすぎたのか、おれの言葉に今度はロレッタが疑問《ぎもん》の声を上げた。

「魔王に立候補《りっこうほ》するためには人間界に拠点《きょてん》が必要だって、この前、言ってたよね？」

「あ、はい。候補者が乱立《らんりつ》しないように、という措置《そち》ですね」

「つまりおれが言いたいのはこういうこと。魔王に立候補するためには人間界に拠点が必要
――だったらユニスの立候補が無効《むこう》になるように、おれたちでユニス城を攻略《こうりゃく》してしまえばいい」

「なるほどです！」

「……やっぱりそういうこと」

神宮寺は薄々《うすうす》気づいていたようだな。

「妨害工作としてはこれ以上のものはないっす！」

「成宮《なるみや》君？　乗り込むのはいいとして、具体的な作戦行動は考えてあるの？」

「ふふん。おれを誰だと思っている？　当然、考えてあるさ」

こうして、ユニス城攻略大作戦――その作戦会議が始まった。

†

ユニス城、最上階――

地上百五十メートルの高さにある通称《つうしょう》『天空の間』。

室内には無数の魔法端末《まほうたんまつ》が並《なら》んでおり、ガラスが張《は》られていない一番奥《おく》の壁《かべ》には百五十イン

チを超《こ》える大きさの魔法《まほう》の鏡《かがみ》が二つ、横に並《なら》ぶようにかかっている。

「雫《しずく》、大変です」

部屋の中央、革張《かわば》りの椅子《いす》に座《すわ》る長い髪《かみ》の女の子――ユニスが口を開いたとき、私は新しいキャンペーンのネタを考えていた。

「ん、どうしたのユニス?」

「見てください」

そう言ってユニスが指差したのは天空の間の奥《おく》に並ぶ二つの大きな魔法の鏡。左にはこのユニス城の見取り図が表示《ひょうじ》されており、右には監視用《かんしよう》のカメラが捉《とら》えた映像《えいぞう》が流れている。

「サイトの告知では五階と十階のボスを倒《たお》すと、レアなアイテムがもらえる、となっていたはずなのに、どういうわけか冒険者《ぼうけんしゃ》たちがさらに上を目指していて……」

「何これ? もう二十階まで上がってきてるじゃん」

「一応《いちおう》……二十階、二十五階とバイトの魔物《まもの》たちを待機させていますが……」

「この数はまずいなー。ってか、どうなってんのこれ?」

「わかりません……」

ユニス城は一階、五階、十階、十五階と一階刻《きざ》みではなく、一定の階層《かいそう》ごとにフロアが作られており、間の階層は存在しない。

カタログにはちゃんと一階ごとにフロアが用意されていると書いてあるが、五十階層分の戦《せん》闘要員《とうよういん》を用意できるほど魔界に有用な人材がいなかったことや、地下迷宮《ちかめいきゅう》の面々に気づかれないように城《しろ》を作る必要があったため突貫工事《とっかんこうじ》にならざるを得なかった、という二つの理由によりこうした構造《こうぞう》になった。

決してケチったわけではない。資金《しきん》は豊富《ほうふ》にあるのだ。

「とりあえず待機させてる魔物を大至急《だいしきゅう》、下に送ることにします」

「そっちは任《まか》せた。私は例の切り札を四十階に移動《いどう》させておくから」

「……アレを使うのですか？」

「うん。これが兄貴《あにき》たちの作戦のうちだとしたら、そう簡単《かんたん》には追い返せないだろうし」

「随分《ずいぶん》とお兄さんを警戒《けいかい》しているのですね」

「まーね。お兄ちゃ……兄貴は油断《ゆだん》のならない男だし」

「今、お兄ちゃんって言いかけました？」

「き、気のせい、気のせいー……」

私は適当《てきとう》に誤魔化《ごまか》しつつ、手元のコンソールを操作《そうさ》する。

兄のことを兄貴と呼《よ》ぶようになったのはいつごろからだろうか。

私は、昔はお兄ちゃん子だった。いつも後ろからついて回っていた。

兄貴は小さいころから無茶をする人で、それは高校生になった今でも変わっていない。

正直、ありえないと思う。あの歳《とし》になっても子供のころとなんら変わらぬスタンスで、自由に生きるなんて、常人《じょうじん》には真似《まね》のできないことだ。

現実でも、異世界《いせかい》でも、兄貴《あにき》は自分の気持ちに嘘《うそ》をつかない。

どんな手を使ってでも目的を達成しようとする。

一方の私は……。

あのとき大切な友達を守ることができなかった。

兄貴を反面教師《はんめんきょうし》にして、まっとうな方法で解決《かいけつ》を図ろうとし、そして失敗した。

でも──

今度は失敗しない。

必ずユニスを一流の魔王《まおう》に……。

そして、「どうだ！」と胸《むね》を張《は》って兄貴に言ってやるんだ。

自分だって兄貴みたいに誰《だれ》かを救うことができるんだって。

†

「スライムさん、そっちはどうだ？」

『順調っすー。もうまもなく二十五階に到達《とうたつ》するっすよー』

「おっし。んじゃ戦力的に厳《きび》しくなってきたら、無理せずおれたちと合流だ！」

『了解《りょうかい》っすー』

――ブツ。

通話が途《と》切《ぎ》れたのを確認《かくにん》すると、おれはロレッタに魔《ま》法端末《ほうたんまつ》を返した。

「ここまでは予定通りだな」

「さすがサトル先生です！　キャンペーンをまさかこのような形で利用するとは！」

「……もう二度と、キミとは敵対《てきたい》したくないわ」

「へっへっへ、褒《ほ》めるな褒めるな」

「褒めていないのだけれど……」

仮面《かめん》の中でため息をつくのがわかった。

暗黒騎士《あんこくきし》シングージに扮《ふん》した神宮寺《しんぐうじ》は厳《いか》つい鎧《よろい》に身を包《つつ》んでいる。

おれとロレッタはいつもと同じ格好《かっこう》である。

……と、言うのも――

今、おれたちはユニス城《じょう》の五階、上に続く階段《かいだん》の前に立っている。

周囲に敵《てき》はいない。ユニス側が配置した魔物も、ここを訪《おとず》れているはずの冒険者《ぼうけんしゃ》もだ。

この城ではスライムさんが手に入れたビラが示《しめ》すように様々なキャンペーンが打たれており、
最近は日替《ひが》わりでその内容《ないよう》が微妙《びみょう》に変わっていた。

本日のレア報酬《ほうしゅう》は五階と十階のボスが落とすことになっているのだが、すでに五階も十階のボスも殺到《さっとう》した冒険者《ぼうけんしゃ》の手によって『祭壇《さいだん》』送りになっている。

もちろんこれはいつも通り。冒険者たちはユニス側が仕掛《しか》けたキャンペーンに従《したが》って場内をうろつくので五階と十階の一日限定《げんてい》五体のボスがすでにいないのは当然と言える。

だが――

冒険者たちは十階より上の、スライムさんの報告《ほうこく》では二十五階に到達していると言う。十五階、二十階と攻略《こうりゃく》し、さらに上を目指しているのである。

それはなぜか？

「サトル先生、見てください！　私たちが作ったサイトが大手ギルドの掲示板《けいじばん》で話題になっているようで、アクセス数がぐーんと伸《の》びています！」

「いいね、いいねー」

ユニス城《じょう》に乗り込《こ》んで最上階を制圧《せいあつ》してしまおう――

おれが打ち立てた作戦はそんなシンプルなもので言ってしまえば実力行使である。

本当は正面突破《しょうめんとっぱ》ではなく、空から攻《せ》め入ったり、夜襲《やしゅう》を仕掛《しか》けたり、と搦手《からめて》でユニス城を落とすつもりだったのだが、ユニス城には強固は障壁《しょうへき》が張《は》り巡《めぐ》らされていて、空からの侵入《しんにゅう》は事実上不可能《ふかのう》であり、また夜になると地下迷宮《ちかめいきゅう》と同じように入り口の扉《とびら》は閉《と》ざされてしまう。

お金をかけているだけあってセキュリティ対策《たいさく》は万全なのである。

侵入ルートは一階の正門のみ。それ以外の入り口は今のところ見つかっていない。

そんなわけで正面突破を強《し》いられたわけだが――

しかし、普通《ふつう》に攻めこんでは面白《おもしろ》く……いや、面倒《めんどう》くさい。

だから敵が運営するユニス城の公式サイトにそっくりのページを作り、偽《にせ》のキャンペーンを打つことにした。そして多くの冒険者が利用する大手の掲示板にこの偽サイトに繋《つな》がるリンクを張《は》りまくる。いずれは雫《しずく》たちにもバレるだろうし、冒険者たちも遅《おそ》かれ早かれこれが偽サイトだと気づくだろうが、今日中に城を制圧してしまえば何も問題はない。

ちなみにおれたちが打った本日のキャンペーンの内容は――

『四十五階のボスを倒《たお》すと、素敵《すてき》な別荘《べっそう》が手に入る！　※先着一名様のみ』

こんな感じである。

ついこの間まで宿泊《しゅくはく》していた魔界のペンションの外観を撮影《さつえい》してサイトに掲載《けいさい》し、これを別荘としているのだが、もちろんこんな豪華《ごうか》な報酬《ほうしゅう》が実際《じっさい》にあるわけではない。

そんなわけで、先行している冒険者たちについては四十五階に到達する前に全滅《ぜんめつ》させる予定だ。嘘のキャンペーンだってバレたら、連中、最上階を目指すかもしれないからな。お灸《きゅう》を据《す》えるとは言ったが、雫たちが危険《きけん》な目に遭《あ》うのはおれの本意ではない。

というわけで――

「急いでスライムさんを追いかけよう。早いところ冒険者たちを背後《はいご》から闇討《やみう》ちしねえと」

「……ホント、キミって外道よね」

「ですが冒険者《ぼうけんしゃ》のみなさんの活躍《かつやく》のおかげで、ここまでほとんど戦わずにすんでいます。罠《わな》も作動ずみのものがほとんどで、警戒《けいかい》する必要はないですし」

「欲《よく》に目がくらんで罠にハマった人間も多いみたいだが、そうとうな数の冒険者が別荘《べっそう》目当てに殺到《さっとう》したっぽいからなー。いやー、楽ちん、楽ちん」

「ともかく上に向かいましょう」

「おおー」「はい！」

おれたち三人は階段《かいだん》を使って上の階を目指す。

ロレッタがスタミナアップのバフをかけてくれているので疲労感《ひろうかん》はさほどない。

とはいえ五十階建ての城《しろ》だからな……。

全力で駆《か》け上がっても最上階まで数十分はかかるだろう。

てっぺんは五十階。この城はだいたい五階間隔《かんかく》でフロアが作られているから四十五階まで攻《こう》略《りゃく》できればあとは最上階を残すのみ。そこまで上がることができればあとはおれたちだけでもなんとかなる——と思う。

「うん？　スライムさんから連絡《れんらく》です？」

階段を上りつつ、ロレッタが魔《ま》法端末《ほうたんまつ》を耳に当てる。

「え？　四十階に強敵《きょうてき》が出現？　冒険者のみなさんが返り討ちに!?　わ、わかりました！　大至急《だいしきゅう》、駆けつけます！　スライムさんは下の階に退避《たいひ》を！」

ロレッタは早々に通話を終わらせると、

「サ、サトル先生……覇王《はおう》先生、大変です！」

と両手をバタバタさせながらその場で激《はげ》しく足踏《あしぶ》みをした。

謎《なぞ》のリアクションだが、慌《あわ》てているのだけはわかった。

「四十階に得体の知れない敵が出現したとのことです！　約二十名いた人間のみなさんはほとんど一瞬《いっしゅん》で全滅《ぜんめつ》してしまったと、スライムさんが！」

「一瞬で？　マジ？」

「得体の知れない敵って……一体どんな敵なの？」

「ん、んーと、スライムさんが言うには全身が金属《きんぞく》のようなもので覆《おお》われた怪物《かいぶつ》だ、と」

「それってこの間、ダンジョンドットコムのモデルダンジョンで戦った、『ピピピプー！』とか叫《さけ》んでた、あの金属生命体じゃねーの？」

「いえ……人間のみなさんが全滅するほどの敵です。単純《たんじゅん》な命令しか遂行《すいこう》できない金属生命体にそれほどの力があるとは思えません。おそらく別物でしょう」

「つまりロレッタもスライムさんも知らない未知の魔物ってことだよな？」

「……かもです」

突然《とつぜん》現れた正体不明の魔物――

きっとユニスと雫《しずく》の差し金だろう。というかそれ以外に考えられない。

ま、そう簡単《かんたん》に攻略《こうりゃく》させてはくれないよな。

「神宮寺《しんぐうじ》、強敵《きょうてき》の出現だ。喜べ」

「人を戦闘狂《せんとうきょう》みたいに言わないで。全然嬉《うれ》しくない展開《てんかい》よ」


「ウホッ！　ウホッ！」「「「「ウガアアアアアアア！」」」」


二十五階に続く階段《かいだん》を駆《か》け上がると、その上で見慣《みな》れた魔物《まもの》たちが待っていた。

ゴーレムさんとウルフ軍団《ぐんだん》だ。

おれたち三人は冒険者《ぼうけんしゃ》たちと鉢合《はちあ》わせても問題ないが、見るからに魔物であるゴーレムさんたちはそうもいかない。だから今まで別行動を取っていたのだ。

理由はもう一つあり……。

「みなさん、お仕事ご苦労《くろう》さまです」

ロレッタがねぎらいの言葉をかける。

ゴーレムさんたちにはある任務《にんむ》を与《あた》えていた。それは魔物であることを生かし、ユニス側が配置した魔物を闇討《やみう》ちすること。それが別行動を取っていたもう一つの理由である。

今回の作戦では人型であること、魔物であること、を最大限《さいだいげん》利用している。

スライムさんが見張《みは》っていた冒険者たちだって本当は神宮寺が始末する予定だったしな。

「では急いでスライムさんと合流しましょう！」

「だな！」

ここまでは何事もなく上手《うま》くいったが――

果たしてあちらが用意した未知の魔物に太刀《たち》打《う》ちできるだろうか？

今回はいつもと勝手が違《ちが》う。

おれたちがやっているのは防衛《ぼうえい》ではない。まったくの逆《ぎゃく》。攻め側《せ》なのだ。

いつか神宮寺を透明化《とうめいか》したゴーレムマシーンで捕《と》らえたように、初見殺《しょけんごろ》しのあれこれを用意するのはこちらではなく、あちら側なのだ。


「……こいつが例の金属《きんぞく》を身にまとった魔物？」

四十階に続く階段の途中《とちゅう》でスライムさんと合流し、その上にある四十階を訪《おとず》れたおれたちを待ち受けていたのは、報告《ほうこく》にあった通りの未知の魔物だった。

いや、こいつは魔物というか――

「なんかロボットっぽいフォルムだな……」

「たしかに。全身金属の塊《かたまり》みたいだし、魔物というよりは機械ね」

見た目の印象はさっき話に出た『ピピピプー』に近いが、デカさは段違いだった。

「ウゴゴゴゴゴゴゴゴゴッ！」

謎《なぞ》の金属生命体《きんぞくせいめいたい》が不気味な咆哮《ほうこう》を上げた。

ゴーレムさんの倍はありそうな巨体《きょたい》は、階段《かいだん》を塞《ふさ》ぐようにして立っている。

人型のロボットっぽいそいつは右手で巨大な斧《おの》をかまえていた。

ボディはダークレッド。

表面に浮《う》き上がった血管《けっかん》を連想させる禍々《まがまが》しい模様《もよう》がいたるところに入っている。

「ウゴゴゴゴゴゴゴゴゴッ！」

先に動き出したのは金属生命体のほうで——

「来るわよ！」

それを見て神宮寺《しんぐうじ》が聖剣《せいけん》デュランダルを手に前に飛び出す。

ゴーレムさんとウルフ軍団《ぐんだん》もあとに続く。

「はああああああああ！」

一刀両断《いっとうりょうだん》——

神宮寺は壁《かべ》を使って上空に高々と飛び上がり、金属生命体の頭に聖剣を振《ふ》り下ろす。

「わー！」「おおー」「覇王《はおう》っち、すごいっす！」

いきなり勝負が決まるか、と期待するおれたちだったが……。

——ガキーンッ！

金属生命体は神宮寺の必殺の一撃《いちげき》を受けても平然としていた。

というか頭部には傷《きず》一つついていなかった。

「おいおい、なんて硬《かた》さだよ……」

「マジっすか⁉ 聖剣デュランダルは伝説の武器《ぶき》っす！ 並《な》みの金属なんて、むしろ逆《ぎゃく》に切り裂《さ》いてしまうはずっすよ⁉」

武器マニアのスライムさんが驚愕《きょうがく》しつつ、聖剣デュランダルの特性を語る。

並みの金属なんて、むしろ切り裂いてしまう――

ってことはあの金属生命体を覆《おお》っている金属は普通《ふつう》ではない？

「ウホッ⁉ ウホッー⁉」

「「「「ウガアアアアアアア⁉」」」」

ゴーレムさんとウルフ軍団が合宿中に編《あ》み出した必殺フォーメーション――

一体＋五匹《ひき》が放つ『フォーメーションヘキサゴン』が発動と同時に崩壊《ほうかい》した。

金属生命体が振り回した斧がクリーンヒットしたのだ。

結果――

「……ウホッ……ウホッ……」

「「「「ウガァー……」」」」

たった一撃でゴーレムさんたちは『祭壇《さいだん》』送りになってしまった。

「ああ……ゴーレムさんとウルフのみなさんが……」

「こう言っちゃあなんだけど、『祭壇《さいだん》』をアップグレードしててホントよかったな……」

「同意っす！　というか、そうじゃなかったら自分、こんな危険《きけん》なところ来てないっす！」

スライムさんが正直な感想を漏《も》らす。

おれ、ロレッタ、スライムさんは本来、戦闘要員《せんとうよういん》ではない。

アップグレードにより『祭壇』の効果範囲《こうかはんい》が地下迷宮《ちかめいきゅう》の外に及《およ》んでいなければ、こうしてユニス城《じょう》に乗り込《こ》むことはできなかっただろう。

「ここでやられても命を奪《うば》われるわけじゃないが……。でも偽《にせ》サイトのこともあるし、できれば一発で攻略《こうりゃく》したかったんだけど……そう簡単《かんたん》にはいかねーか、ちっ」

この階層まで楽に上がってこられたのは言うまでもなく欲《よく》に目がくらんだ冒険者《ぼうけんしゃ》の進撃《しんげき》があってのことだ。偽サイトが上手《うま》く機能した結果でもある。だがその偽サイトが公式サイトではないことがバレたら今回と同じ作戦はもう使えない。また別の手を考える必要が出てくるわけだ。だからこの目の前の敵をなんとか撃破《げきは》したいのだが――

「くっ……っ」

神宮寺《しんぐうじ》が再度《さいど》攻撃を仕掛《しか》けた。

だが――

――ガキーンッ！

腕《うで》、胴《どう》、足、と様々な部位を攻撃するがやはりダメージは与《あた》えられない。

「弱点ないのかよ、あのデカブツ……」

「サトル先生……どうしましょう?」

「……ん、んー」

なんの考えも浮《う》かばない。

つか、聖剣を弾くほど硬《かた》いボディとかどうしろってんだよ。

たいていの武器《ぶき》は通用しないってことだろ?

「ふっふっふ、ここは自分の出番っすね!」

「スライムさん、何か妙案《みょうあん》が?」

「あるっす!」

そう言ってスライムさんが道具袋《どうぐぶくろ》から栄養ドリンクのようなものを取り出した。

「それは?」

「懸賞《けんしょう》で当てた魔力増幅剤《まりょくぞうふくざい》っす! これがあれば——自分でも……っ」

スライムさんはおれの疑問《ぎもん》に答えると、グビグビっと魔力増強剤を飲み干《ほ》し、

「最強の氷魔法——パギャルコが唱《とな》えられるっす——っ!」

右手を前に突《つ》き出した。

すると——

凄《すさ》まじい氷の嵐《あらし》が手のひらから発生し、金属生命体《きんぞくせいめいたい》に襲《おそ》いかかった。

「す、すげぇ……」

魔力増幅剤《まりょくぞうふくざい》でドーピングしているとはいえ、これほどスケールのでかい魔法をスライムさんが使えるとは。今までこの世界で体験《たいけん》した魔法の中で一番派手《はで》で破壊力《はかいりょく》がありそうだ。

「素晴《すば》らしいです、スライムさん！」

「……やるじゃない」

ロレッタが飛び上がって喜び、神宮寺《しんぐうじ》もスライムさんの攻撃《こうげき》に目を見張《みは》る。

これは勝ったな。いくらなんでもこの魔法を受けて無事だとは——


「ウゴゴゴゴゴゴゴゴゴゴッ！」


「は？」「へ？」「生きてる……」「そんなぁーっす⁉」

金属生命体は先ほどと同じ場所、つまり階段《かいだん》の前に立っていた。

損傷《そんしょう》などは見られない。ピンピンしている。

ボディに大量の氷の粒《つぶ》が付着していたが咆哮《ほうこう》一つでそれらを振《ふ》るい落としてしまった。

「剣も魔法も効《き》かないなんて……どうなっているのよ」

「え？　剣も魔法も効かない？」

唸《うな》る神宮寺の声を聞いておれはピンときた。

もしかしてこの敵って――

「物理攻撃、魔法攻撃を無効化するボディ……」

「サトル先生？」

「ロレッタ……あの敵の身体を覆《おお》っている金属ってもしかしてディアブロストーンを精錬《せいれん》して作ったものなんじゃない？」

「あっ……」

ロレッタも気づいたようだ。

おれを夢召喚《ゆめしょうかん》する以前、ロレッタは冒険者《ぼうけんしゃ》の襲撃《しゅうげき》から地下《ちか》迷宮《めいきゅう》を守るため玉座《ぎょくざ》の間に続く通路にあらゆる物理攻撃、魔法攻撃を防《ふせ》ぐディアブロドアを設置《せっち》していた。おれは実物を見たことがないのだが、あの禍々《まがまが》しい真っ赤なボディはどう見ても魔界原産の金属だ。

『ご明察』

そのときどこからともなく声が聞こえてきた――

「この声は……雫《しずく》か」

『私だけじゃないよ。ユニスもいるし』

再《ふた》び声が聞こえてきたかと思えば、天井《てんじょう》から巨大《きょだい》スクリーンが降《お》りてきた。

スクリーンにはパーカーをかぶった雫《しずく》と、派手《はで》なドレスを身にまとったユニスの姿《すがた》が。

『お祭しの通り、そのデカブツちゃんは魔《ま》界最強《かいさいきょう》の鉱石《こうせき》、ディアブロストーンを精錬《せいれん》して作った鎧《よろい》を身にまとっているから、あらゆる物理《ぶつり》攻撃《こうげき》、魔法攻撃を防《ふせ》ぐの』

「やっぱりか……」

『金属《きんぞく》の精錬、加工、鎧のデザインとユニスが全部やってくれたんだよねぇ』

軽いノリで解説《かいせつ》する雫。

おれと一対一だと口数少ないけど、本来の雫は饒舌《じょうぜつ》なのだ。

『うちのユニスは天才だから』

「ほえー」

こんなときだと言うのに感心するロレッタ。

素直《すなお》すぎるだろ……。

『ちなみにそのデカブツちゃんの正式名称《せいしきめいしょう》は『ガーディアン』って言うの。伝説の金属生命体で……えーっと、なんていう本だったっけ……あれ。ねえ、ユニス』

『魔《ま》界創世日記《かいそうせいにっき》』

『そう、それそれ』

「…………ガーディアン……魔界創世日記……。ま、まさか……？」

「ん、ロレッタ？　何か知ってるのか？」

「は、はい……」とロレッタは緊張《きんちょう》した面持《おもも》ちで口を開く。「ガーディアンはシズクさんがおっしゃられたように伝説の金属生命体で……数万年前に魔界で勃発《ぼっぱつ》した第一次魔界大戦で活躍《かつやく》した恐《おそ》ろしい兵器……と魔界創世日記には書かれています。ただ……現在の魔法科学を駆使《くし》しても再現《さいげん》は不可能《ふかのう》と言われていて……伝説の中にだけ残る究極《きゅうきょく》の兵器とされているのです」

ロレッタが言うには過去《かこ》に幾人《いくにん》もの魔族がガーディアンの製作《せいさく》を試みたものの全て失敗に終わっているとのこと。現在の魔法科学では『ピピピプー』程度《ていど》が関の山で、あれは見回り用の金属生命体であって戦闘要員《せんとうようい ん》としては心もとない性能――だってのはこの間、戦って実感したところだ。

『長年の研究の成果……と言いたいところですが、そのガーディアンは私一人では生み出したわけではありません……』

ユニスがスクリーン越《ご》しにおれたちに語り出した。

目はこっちを向いていないが。

『ボディは私が作りました。ですが……肝心《かんじん》のガーディアンの頭脳《ずのう》を作ったのは雫』

『二人で力を合わせて作ったのさ！』

雫がドヤ顔でピースする。

うわぁ、ムカつく顔ー。腹《はら》パンしてやりたい。

『いやー、大変だったよ。大昔の文献《ぶんけん》を読み解《と》いて、最新の魔法言語《まほうげんご》で再現《さいげん》できないかあれこれ試してみて。苦悩《くのう》の連続だったよ、完成に至《いた》るまで』

「……最新の魔法言語ということは『M＋＋』ですか？」

『お、詳しいね。そうだよ』

そういやロレッタも魔法ネットワークの超難《ちょうむずか》しい資格《しかく》持ってるんだったな。

じゃあ、雫《しずく》はロレッタの上をいったってことか？

「プログラミングのコンテストで内閣総理大臣賞《ないかくそうりだいじんしょう》を受賞するだけのことはあるわね……」

「マジかよ、あいつ……」

過去《かこ》に誰《だれ》もなしえなかった伝説の金属生命体《きんぞくせいめいたい》の再現に成功するとは——

我《わ》が妹ながら末恐《すえおそ》ろしい。

『えー、ちなみに、現在、新たな金属生命体を開発中です。あ、せっかくだから軽くプレゼンしちゃおう』

プレゼンとか言っているが自慢《じまん》したいだけだろう。

こういうところは中学生って感じだよな……。

『第二弾《だん》はディアブロゴーレム！』

『ボディは仮《かり》のもの……です』

スクリーンに映《うつ》し出されたのはゴーレムさんそっくりの金属生命体だった。

ただガーディアンと同じボディだから見た目は禍々《まがまが》しい。

「……ん？　得意技《とくいわざ》はウホウホパンチ？　趣味《しゅみ》はBL同人あさり……だと？」

「まんまうちのゴーレムっす！」

まあBL好きのゴーレムなんてそうそういないだろうからな。

モデルはゴーレムさんで間違《まちが》いなさそうだ。

『第三弾はこちら！　その名もディアブロウルフ軍団《ぐんだん》！』

「まんますぎるわー！　少しはパクリを隠《かく》す努力しろ！」

五匹《ひき》セットってのがもうそのままだ。

『兄貴《あにき》の妄言《もうげん》は放っておいて、第四弾！　ディアブロスライム！』

「あ、スライムさんそっくりです」

「ロレッタ……。スライムはだいたいああいう見た目じゃない？」

『得意技はパギャルコ。でもMPが足りないから使えません。お茶目です』

『だね。お茶目だね』

「なんだか複雑《ふくざつ》な気分っす！　褒《ほ》められた気がしないっす！」

「……そこ再現する必要あんのかよ」

あいつらただ面白がってるだけだろ……。

この調子だとディアブロ神宮寺《しんぐうじ》とか出てくるんじゃないのか？

『というわけで、プレゼンはおしまい！』

『雫《しずく》どうします？　ガーディアンの例の魔法《まほう》、試してみますか？』

『そだね。適当《てきとう》に戦わせても勝てると思うけど、実戦は初めてだし、試しとこう』

再《ふた》び画面上には二人の姿《すがた》が映《うつ》し出された。

何やら相談《そうだん》しているようだが——

『ガーディアン！　侵入者《しんにゅうしゃ》を排除《はいじょ》して！　ペラゾーマ……じゃなくてペラキャノン発動！』

ペラゾーマ——

この世界における最強の炎魔法だ。

スライムさんが先ほど唱《とな》えたパギャルコとは真逆《まぎゃく》の性質《せいしつ》を持った炎属性の魔法である。

ペラキャノンと言い直したのが気になるが……。

「ウゴゴゴゴゴゴゴゴゴゴッ！」

ガーディアンの胸部《きょうぶ》がガシャンガシャンと音を立てて左右に開いた。

中から出てきたのは細長い五つの砲《ほう》。

「ウゴゴゴゴゴゴゴゴゴゴゴゴゴゴゴ——ッ！」

一際《ひときわ》長いガーディアンの咆哮《ほうこう》——

その直後、五つの砲から炎の塊《かたまり》が次々と発射《はっしゃ》された。

「みんな……避《よ》けろ！」

おれはロレッタを抱《だ》きかかえて部屋の隅《すみ》のほうに転がった。

しかし――

『無駄《むだ》無駄無駄！　ガーディアンのペラキャノンは、ペラゾーマ五つ分の威力《いりょく》を誇《ほこ》る！』

雫の勝ち誇った声がスクリーンから聞こえた。

「…………くっ……」

「……サトル先生……っ」

勝負は一瞬《いっしゅん》――

おれたちは痛《いた》みを感じる暇《ひま》もなく黒焦《くろこ》げの消し炭《ずみ》になってしまった。

そうして……。


「うおっ……」「きゃっ」「ちょっと……」「痛いっす！」

地下迷宮《ちかめいきゅう》で復活《ふっかつ》を果たしたおれたち四人は『祭壇《さいだん》』から順に転げ落ちた。

しかも、最初に死んだのはおれだったようで、

「…………お、重いから……みんなどいてくれぇ……」

女子三人にもみくちゃにされてしまった。

ロレッタの胸《むね》と神宮寺《しんぐうじ》のお尻《しり》が目の前にあったものの――

さすがのおれもムフフと楽しむ余裕《よゆう》などない。

「……ハァ……死ぬかと思った」

「さっき死んだっす！」

「……や、そうだけど、なんか一瞬《いっしゅん》で黒焦《くろこ》げにされたから死んだって感じしないし」

むしろ女子三人に押《お》し潰《つぶ》された状態《じょうたい》のほうがよほど苦しかった。

それにしても――

「…………ガーディアンか」

雫《しずく》の勝ち誇《ほこ》った顔が脳裏《のうり》にちらつく。

ボディをユニスが、頭脳《ずのう》を雫が……。

それぞれの得意分野を生かして作り上げた伝説の金属生命体《きんぞくせいめいたい》。

まさかあんな切り札を持っていたとは。

あれを排除《はいじょ》しないことには雫たちの元にはたどり着けない。

ユニス城を攻略《こうりゃく》したとは言えない――

「……ったく、どうすりゃいいんだよ……あんなの……」

途方《とほう》に暮《く》れるおれたちであった。

†

「神宮寺《しんぐうじ》、しょうゆ取ってくれ」

「はい」

「サンキュ」

おれはしょうゆ差しを受け取ると、サンマにちょろちょろとしょうゆをかけた。

「お、このサンマ、脂《あぶら》が乗ってて美味《うま》いなー」

「やっぱり秋と言ったらサンマよね」

「焼き加減《かげん》もちょうどいいし」

「適度《てきど》に焦《こ》げ目をつけるのがポイントよ」

「味噌汁《みそしる》もうめー！」

「本当？」

「ジャガイモの味噌汁っておれ食べたことなかったけど、いけるなー」

「実は私も初めてなの。レシピを見て作ったから。でも、よく考えてみると豚汁《とんじる》なんかには根菜をたくさん入れるし、合わないわけがないのよね」

「ああ、たしかに」

「明日は何を作ろうかしら……」

「肉がいい」

「んー、じゃあトンカツとか？」

「それ採用《さいよう》！　ついでにチキンカツも作ってくれ！　カツ祭りじゃー！」

「ちょっと……喜びすぎでしょう」

「や、だってお前の作るメシ、マジ美味《うま》いし」

「……え、そう？」

「嘘《うそ》なんてつくかよ」

「…………あ、ありがとう」

箸《はし》を持ったままうつむく神宮寺《しんぐうじ》。

エプロンをつけたまま箸を握《にぎ》る、その姿《すがた》は新婚《しんこん》の若妻《わかづま》っぽい初々《ういうい》しさがある。

「じゃ、じゃあ、せっかくだからスーパーではなく、お肉屋さんでトンカツとチキンカツ用のいいお肉を買って……ねえ、成宮《なるみや》君？　明日の放課後って空《あ》いてる？　空いてるなら一緒《いっしょ》に商店街に立ち寄《よ》って」

とそこまで言って神宮寺は我《われ》に返ったようで、

「……………って、なんなのよ、この茶番は！」

ダン！　とダイニングテーブルを拳《こぶし》で叩《たた》いた。

まるで同棲中《どうせいちゅう》のカップルであるかのように食卓《しょくたく》を囲んでいるおれと神宮寺《しんぐうじ》——

同居生活《どうきょせいかつ》四日目の夜である。

「神宮寺、メシは静かに食うもんだぞ。突然《とつぜん》、吠《ほ》えんな。ウルフ軍団《ぐんだん》かよ。あとテーブル叩くの止めろ」

「……キミ、たった数日で馴染《なじ》みすぎじゃない？」

「あー？」

「つられる私も私だけれど……。ううっ……何よこの甘《あま》い新婚生活みたいなの……」

「なあ、神宮寺。だいぶ寒くなってきたし、鍋《なべ》やろうぜ、鍋」

「……ユニス城《じょう》は攻略《こうりゃく》できないし……同棲生活は終わらないし……」

「おい、聞いてんのか？」

「ああもう！　うるさいわね！」

「って、だからテーブル叩くなよ！　味噌汁《みそしる》がこぼれたぞ！」

「知らないわよ！」

神宮寺は今にも右手の箸をおれの目に突《つ》き刺《さ》しそうなほど殺気《さっき》立っていた。

怒《おこ》った顔も可愛《かわい》いよ、なんて言うヤツがいるが、こいつの怒った顔はマジ恐《こわ》い。思わずひれ伏《ふ》しそうになるほどだ。でも今回、おれは何も悪くない。……悪くないよな？

「なあ？　お前、ちょっとイライラしすぎじゃないのか？」

「誰《だれ》のせいだと思っているのよ！」

「え？　おれのせい？」

「……炊事《すいじ》、洗濯《せんたく》は全部人任《ひとまか》せ……トイレットペーパーがなくなっているのに取り替《か》えようともしないし……昨日なんて危《あや》うく裸《はだか》を見られそうになったし……」

「や、たしかに家のことはお前に任せっぱなしだけど、おれだって食後に食器洗《あら》ったりしてるだろ！　トイレットペーパーは予備《よび》がどこにあるのかわかんなかっただけだ！　そ、それから！　昨日の風呂《ふろ》の件《けん》はおれのせいじゃねえ！　あれはお前が、おれと同居してることを忘《わす》れてバスタオル一枚《まい》で風呂から出てきたのがいけないんだろうが！」

「じゃあ、なんでキミは私がお風呂に入っているのを知っておきながら廊下《ろうか》をうろうろしていたのよ！　脱衣所《だついじょ》を出た瞬間《しゅんかん》、目が合うとかおかしいでしょ！」

「うろうろしてたわけじゃねーし！　トイレから出た直後だったんだよ！」

「……疑《うたが》わしいわ」

「勘繰《かんぐ》りすぎだっての！」

ああ、もう……。なんだよこの不毛な罵《のの》り合いは――

「止めようぜ、神宮寺。大人《おとな》げない――って、リモコン投げんな！　食事中だぞ！」

口論《こうろん》はその後も続いた。

そして一時間後……。

終戦が宣言《せんげん》されることはなく、また停戦《ていせん》がどちらからか提案《ていあん》されるわけでもなく――


――同棲生活《どうせいせいかつ》で生じた軋轢《あつれき》は異世界《いせかい》にまで持ち込《こ》まれた。

「だいたいキミはね、デリカシーがないのよ、デリカシーが。わかっていたことではあるけれど、一緒《いっしょ》に暮《く》らしてみてよりはっきりそのことを実感したわ」

「はぁ？　デリカシー？　何それ？　食えんの？」

「キミは食べることばかりね！　そんなにトンカツが食べたいのなら自分で作ったら？」

「あ、そっすかー。だったら外食ですませますー」

「……も、もう限界《げんかい》よ！　これ以上、キミと一緒に暮らすのは無理！」

そう一際《ひときわ》大きな声で叫《さけ》んだ神宮寺《じんぐうじ》の背後《はいご》に人影《ひとかげ》が――

「一緒に暮らして……いる？」

そこにいたのはロレッタだった。

やべぇ……。

おれが神宮寺のマンションに厄介《やっかい》になっていることはロレッタには内緒《ないしょ》――という取り決め

を交わしていたわけではないが、たぶんそのことは暗黙《あんもく》の了解《りょうかい》として神宮寺も理解していたはずだ。おれも気をつけているつもりだったのだが……まずったな。

「サトル先生と覇王《はおう》先生は一緒に暮らしているのですか……？」

「ち、違《ちが》うのよ、ロレッタ。私は成宮《なるみや》君と同棲しているつもりはなくて……」

「つもりはない……？　では同居《どうきょ》しているのは事実なのですね？」

「うっ……」

「アホかお前は」

いくらなんでも慌《あわ》てすぎだろ。らしくない対応《たいおう》だなぁ。

でも……。

神宮寺って嘘《うそ》をつくのは苦手そうだよな。

ましてや相手がロレッタってことになると――

おれもあまり嘘はつきたくない。ロレッタに対してだけは。

「ロレッタ、おれから説明する」

今さら否定《ひてい》しても信じてもらえないだろうから、真実を明かすことにした。

神宮寺と同棲しているのは事実だけど、それは付き合っているからではなく、雫《しずく》の睡眠妨害《すいみんぼうがい》工作を受けてのことで、仕方なく一緒に暮らしているのだと。

「そ、そうなのよ、ロレッタ。さっきも言ったけれど、私は同棲しているつもりはないの。むしろ迷惑《めいわく》していて……」

誤解《ごかい》されるのが嫌《いや》だからだろう。神宮寺《しんぐうじ》は「迷惑」という部分だけやけに強調した。

ま、神宮寺にしてみれば迷惑以外の何者でもないよな。

仕方ないから泊《と》めてあげるけど！　というツンデレキャラのデレが見え隠《かく》れする展開《てんかい》とかではない。うん、それは絶対《ぜったい》ないな。

「というわけだ、ロレッタ。同棲《どうせい》と言っても、おれと神宮寺の間に恋愛感情的なものは……」

「……………ううっ」

「え、ちょっと、ロレッタどうしたの？」

理由はわからないが、目の前のロレッタはしゅんとしていた。

悲しんでいる――というよりは恐縮《きょうしゅく》した様子で。

「……お二人とも、本当に……本当に申し訳《わけ》ないです」

そして頭を下げるロレッタ。

心配をかけたのはむしろこちらだというのに……。

「ど、どうしてロレッタが謝《あやま》るの？」

頭を下げるロレッタに疑問《ぎもん》を投げかける。

「だ、だって……この世界で起きているいざこざがお二人の日常《にちじょう》にまで悪影響《あくえいきょう》を及《およ》ぼしているのですよ？　お二人には夜の間だけ……寝《ね》ている間だけ、ご指導頂《しどういただ》ければわたしとしては十分だと思っていて……それ以外の時間までこの世界の事情に引っ掻《か》き回されてほしくないのです。もちろん、お二人のストレスの原因《げんいん》を作っているのは間違《まちが》いなくわたしなので、悪いのもこのわたしなのですが……」

「い、いや、悪いのはうちの妹であって……ロレッタが悪いわけでは……」

「わたしですよ。だってわたしがサトル先生を夢召喚《ゆめしょうかん》しなければ妹さんであるシズクさんが夢召喚されることはなかったはずですし」

「それは……そうかもしれないけど……」

「お二人とも、夜の生活が負担《ふたん》だと思ったらいつでも言ってください。夢召喚を解除《かいじょ》するためには『祭壇《さいだん》』の効果が及《およ》ばない場所で死亡《しぼう》する必要がありますが……お二人が望むのであればすぐにでも『祭壇』を以前のバージョンに戻《もど》しますので」

「ロレッタ……」

　なんでそんな水くさいこと言うんだよ——

「負担だなんて……そんなこと私は一度も思ったことないわ」

「ですが、先ほど覇王《はおう》先生は『迷惑』している、とおっしゃいましたよね……？」

「そ、それは言葉の綾《あや》で。つまり……その……成宮《なるみや》君と一つ屋根の下という状況《じょうきょう》が気に食わないというだけであって……それはロレッタの力になりたくない、という意味では」

「そうだぞ、ロレッタ。つーか、おれと神宮寺の仲が悪いのは今に始まったことじゃない。どうせこっちの事情とかなくてもおれたちは喧嘩《けんか》してんだ。気にするだけ損《そん》だぞ」

それに——

「おれと神宮寺《しんぐうじ》がこうしてロレッタと夜の生活を共にしているのは、ロレッタの人柄《ひとがら》とか生き様に共感したから、ロレッタのことが好きだから——だよ」

「サトル先生……」

「おれらの日常生活《にちじょうせいかつ》はロレッタには見えない。だから不安になったり、心配になったり、迷《めい》惑《わく》なんじゃないか、と思うことがあるかもしれないけど、たとえどんな状況《じょうきょう》になってもおれたちはロレッタの味方だから。それだけは覚えておいてほしい。……な？　神宮寺？」

「ええ……」

神宮寺は穏《おだ》やかな顔で頷《うなず》いた。

付け加えることは何もない、というような顔だった。

「わたし……お二人と出会えて幸せです」

「ちょ、ロレッタ……泣かないでよ」

「な、泣いてませんよ……？」

「ロレッタ。心配かけてごめんなさい」

神宮寺が涙《なみだ》ぐむロレッタの頭を優しくなでる。

「……覇王《はおう》先生」

「成宮《なるみや》君とのどうせ……いえ、同居《どうきょ》の件《けん》もそうだけど、今、現実のほうで何かと立て込《こ》んでいてね。だから気が立っていたのよ」

「お忙《いそが》しいのですか？」

「ちょっとだけよ」

たぶん学園祭のことを言っているのだろう。神宮寺は生徒会長だから仕事なんていくらでもあるはずだ。忙しくないわけがない。

……家事の分担《ぶんたん》、ちゃんと決めて、神宮寺の負担を減《へ》らしたほうがよさそうだな。こっちは居候《いそうろう》の身だし、文句《もんく》を言うのは筋違《すじちが》い。今回、神宮寺が爆発《ばくはつ》しちまったのはおれが原因《げんいん》と言ってもいいわけだし、ロレッタにも心配をかけてしまった。真面目に反省《はんせい》しよう。

まー、なんつーか、上手《うま》くバランス取っていかないとな……。

それにしても——

おれたちはいつまでロレッタの味方でいられるのだろうか。

大人《おとな》になっても、社会に出たあとも、夜はロレッタとダンジョン運営《うんえい》に励《はげ》むことになるのだろうか。社会の荒波《あらなみ》に揉《も》まれ、異世界《いせかい》でのあれこれを考える余裕《よゆう》がなくなるくらい夜遅《よるおそ》くまで働く生活を強《し》いられたとして、それでもおれはロレッタの先生でいられるだろうか。

……まあ、社会に出ずにニートになっている可能性《かのうせい》もあるけど。

ま、今は未来のことを考えているときではない。目の前のことを考えないと。

目の前のこと――

ユニス城《じょう》の四十階でおれたちを『祭壇《さいだん》』送りにした伝説の金属生命体《きんぞくせいめいたい》、ガーディアン。

あらゆる攻撃《こうげき》を弾《はじ》く、あの巨体《きょたい》を倒《たお》す方法を考えなければ。

もっとも……。

どうすれば倒せるのか、という点については実はすでに結論《けつろん》が出ている。

「ロレッタ。ガーディアン対策《たいさく》の武器《ぶき》についてだけど、もう概算《がいさん》は出てる?」

「はい！　計算ずみです！」

いつもの元気を取り戻《もど》したロレッタがキャビネットに駆《か》け寄《よ》る。

「これです！」

「ふむふむ…………………って、五百億デモン⁉」

「す、すごい試算ね」

「一つでこれだけかかるってことだよね?」

「覇王《はおう》先生専用の武器『ディアブロソード』のみ計算しています」

ディアブロソード――

文字通りディアブロストーンを材料にして作ることのできる剣である。

ディアブロにはディアブロ。

現状、ディアブロ以上の強度を誇《ほこ》る鉱石《こうせき》はこの世に存在《そんざい》しないらしいので、ガーディアンに対抗《たいこう》できる武器も同様にディアブロストーンで作ったものしか考えられないのである。

同質《どうしつ》の素材《そざい》ならばそう簡単《かんたん》には破壊《はかい》されないはず――

そう……。

おれたちはガーディアンに真っ向勝負を挑《いど》む気でいるのだ。

……しかし。

「五百億デモンはなぁ」

「ダンジョンドットコムで高価格帯《こうかかくたい》のダンジョンが一つ買える値段《ねだん》ね……」

「事業が軌道《きどう》に乗りつつあるとはいえ、うちの財政状況《ざいせいじょうきょう》を考えるとちょっと……いえ、かなり厳《きび》しいです」

「金策《きんさく》してどうにかなるレベルじゃない気がする……」

戦いで真っ向勝負を選択すればお金がかかる。

資金《しきん》に余裕《よゆう》のないおれたちが選ぶべき作戦ではないのかもしれない。

いや――

それこそ雫《しずく》の思う壺《つぼ》だ。

お金をかけて対抗策《さく》を練《ね》る――方向性はこれで合っているはずだ。

ガーディアンの鎧《よろい》はあらゆる物理《ぶつり》攻撃《こうげき》、魔法《まほう》攻撃を弾《はじ》く。

それ相応《そうおう》の武器を用意しなければ勝ち目はない。

となれば……。

考えるべきなのはやはり資金調達《しきんちょうたつ》。

うーん。さっき小細工はもう使えないと言ったけど、真っ向勝負を挑《いど》むための――資金調達のための小細工は必要だな。うん、そこはブレないのな、おれ……。

「とにかく全員で知恵《ちえ》を絞《しぼ》ろう」

おれたちは中心メンバーであるゴーレムさんとウルフ軍団《ぐんだん》を呼《よ》び寄《よ》せ、事情を説明し、資金調達のアイデアをみんなで練《ね》ることにした。

数時間後――

「…………未《いま》だアイデアゼロとは……」

「かつてない絶望感《ぜつぼうかん》っす！　これは本格的《ほんかくてき》にやばいっす！」

「ウガアアアアアアアア！」

「ギャンブル好きのジョナサンが、『僕を信じてお金を預《あず》けて』と言っているわ」

「料理評論家《りょうりひょうろんか》にギャンブル好き……あとの三匹《びき》のパーソナリティが気になるところだな……」

かなりどうでもいい話題だった。

「時間がないから堅実《けんじつ》なアイデアはことごとくボツにしなければならないのよね……。ギャンブルに頼《たよ》りたくなる気持ちもわからないでもないわ」

「ジョナサンは単《たん》なるギャンブル狂《きょう》だと思うが……」

その後――

残りのウルフからも様々な意見が出たが、どれも自分の趣味《しゅみ》をベースにした願望丸出しの建《けん》設的《せってき》とは言いがたいアイデアばかりで、

「「「「ウガァ……」」」」

自分たちのアイデアが採用《さいよう》されずウルフ軍団《ぐんだん》は気落ちしてしまった。

メンタル弱いな、相変わらず。

……そんな中、

「ウホッ……ウホッ！　ウホッ！　ウッホ――ッ！」

それまで黙《だま》ってみんなの意見を聞いていたゴーレムさんが目を光らせた。

「ウホウホウホッ！　ウホウホウッホッホ――ッ！」

「へ？」「え？」

ロレッタと神宮寺《しんぐうじ》がそろって驚《おどろ》きの声を上げた。

「どうした、二人とも？」

「……ゴ、ゴーレムさんが……今さりげなくとんでもないことを……」

「え、ええ……。カミングアウトしたわ……」

とんでもないこと？　カミングアウト？　実は男です、とか？

「ウホッ！　ウホッ！　ウッホ――ッ！」

ゴーレムさんがどこからともなく名刺《めいし》のようなものを取り出した。

そして、その名刺にはなんと――

「株式会社《かぶしきがいしゃ》タイタンアース、代表取締役社長《だいひょうとりしまりやくしゃちょう》……アムドゥ・ストラス・ゴレムーン！」

…………いや、おれ読めないけどな。

名刺を読み上げたのはスライムさんだった。

「舌噛《したか》みそうな名前だな」

「サトルっち、アムドゥ・ストラス・ゴレムーン知らないんすか⁉」

「初耳だけど」

「魔界では有名人っすよ！　稀代《きだい》の発明家にして起業家！　魔法端末《まほうたんまつ》の生みの親っす！　たった一代で魔界有数の大富豪《だいふごう》に上り詰《つ》めた人物っすよ！」

「魔法端末を発明した人か……そりゃやすげぇ」

地球で言えばビル・ゲイツかスティーブ・ジョブズってところか。

「タイタンアースは魔法端末をこの世に知らしめた会社と言っても過言《かごん》ではありません。なんと言っても現在《げんざい》の魔法端末のシェアの八十パーセントはタイタンアースですから。もちろんわたしが使っているのもタイタンアース製《せい》です」

「タイタンアース……アムドゥ・ストラス・ゴレムーン……。な、なあ？　語感からいって、ゴーレムさんの身内だったりする？　そのゴレムーンさんって」

「ウホッ！　ウホッ！」

「母親だ、と言っているわ」

「おお、マジか！」

まさかゴーレムさんが社長令嬢《れいじょう》だったとは……。

「ウホッ！　ウホウホウホウホッ！　ウホウホウホウホウッホッホ――ッ！」

「身分を隠《かく》していたのは母親に社会勉強を強《し》いられていたから、だと言っているわ」

「家の名前を明かすと特別扱《あつか》いされるかもしれないから……でしょうか？」

「ウホッ！」

「神宮寺《しんぐうじ》もお嬢様のはずだが、ゴーレムさんに比《くら》べるとショボく感じられるな」

「キミ、神宮寺家に喧嘩《けんか》売っているの？」

「……あ、いや……なんでもないっす……」とおれは適当《てきとう》に誤魔化《ごまか》し、「……えっと、じゃあ、ゴーレムさんのお母さんにかけ合えば資金調達《しきんちょうたつ》も余裕綽々《よゆうしゃくしゃく》ってわけか？」

「ウホウホウホッ！　ウッホ――っ！」

「最後の手段《しゅだん》と思って財政難《ざいせいなん》に陥《おちい》ったときも黙《だま》っていたけれど、今回のユニス側の金にものを言わせたやり方には我慢《がまん》ならない。お金で解決《かいけつ》できることなら力になる、と言っているわ」

「そりゃ頼《たの》もしい！」

「ウホウホウホウホッ！」

ゴーレムさんがスマホサイズの魔法端末《まほうたんまつ》を手に取る。

母親に連絡《れんらく》するつもりなのだろう。

「……ウホッ！　ウホウホッ！」

もしもし！　私です！　って感じかな？

——ウホッ。

ゴーレムさんの魔法端末からウホウホ語が漏《も》れ聞こえた。

母親もあの喋《しゃべ》り方なのか……。

「ウホウホウホウホ——ウッホッ！　ウホウホ……ウホッ!?　ウッホッ!?」

本題に入ったのだと思うが——

なんだか雲行きが怪《あや》しい？

「ウホウホッ!?　ウッホッホッ!?　ウホッ————————ッ！」

ゴーレムさんが一際《ひときわ》大きな声で叫《さけ》び、その後、うなだれた。

「おい、神宮寺《しんぐうじ》。通訳《つうやく》、通訳」

「おそらくバイト先で身分を明かしたことを母親に咎《とが》められたのだと思うわ。早口だったから間《ま》違《ちが》っているかもしれないけれど、最後に『勘当《かんどう》!?　これからは一人で生きろ!?』と言ったように聞こえたわ」

「……娘《むすめ》が困《こま》ってるってのに勘当って」

　というか――

「もしかしなくても……資金調達《しきんちょうたつ》に失敗？」

「ウホ……――ッ」

「使えないっす！　使えないゴーレムっす！」

「…………ウホッ……」

　ゴーレムさんの目から輝《かがや》きが失われつつある。

　勘当を宣告《せんこく》されたのがそうとうショックだったみたいだな。

「サトル先生……どうしましょう？」

「うーん……」

　ゴーレムさんの母親の協力が得られないとなると、もはや八方塞《はっぽうふさ》がりだ。

　五百億デモンもの大金を出してくれそうな人物なんて限《かぎ》られているわけで。

「ウホッ……ウホッ……ウホウホウホウホッ……ウッホ――ッ！」

　母親に対する恨《うら》みつらみだろうか。ゴーレムさんが唐突《とうとつ》に叫び始めた。

「……なんてくだらない」

「ん、神宮寺《しんぐうじ》？　なんの話だ？」

「どうやらゴーレムさんの母親が勘当《かんどう》を言い渡《わた》したのは、つい先日魔界《まかい》で行われた同人イベントでゴーレムさんが販売《はんばい》したBL同人誌《どうじんし》の完成度が低かったことも関係しているみたいよ」

「えー……」

母親までBL好きかよ。

「あれ？　でも同人イベント用の原稿《げんこう》、紛失《ふんしつ》したって言ってなかったっけ？　戦闘中《せんとうちゅう》にうっかりドロップしちまったって」

「あれとは別のイベントよ。私、原稿に意見したから……ううん、なんでもないわ」

「誤魔化《ごまか》しきれてねえぞ」

この腐女子率《ふじょしりつ》の高さよ……。そういや雫《しずく》も中学に入って間もないころに友達の影響《えいきょう》で腐女子に変貌《へんぼう》を遂《と》げたっけな。あいつ隠《かく》そうとしないから鬱陶《うっとう》しいんだよな。ああいう趣味《しゅみ》はコソコソ楽しんでこそだと思うんだが。

「…………ん、待てよ…………………そ、そうか！　わかったぞ！」

「サトル先生？　何か閃《ひらめ》きました……？」

「ああ……」

おれはみんなに頷《うなず》いてみせた。

思いついたぞ。起死回生《きしかいせい》のアイデアを——

この方法を使えば——ディアブロ装備《そうび》が手に入る！

…………可能性《かのうせい》がある。

この世に絶対《ぜったい》はないから上手《うま》くいかないかもしれないが……。

もうこのアイデアに懸《か》けるしかない！

CASE6 激戦を制する者は

「——総員突撃《そういんとつげき》……です！」

ロレッタの号令を受け、待機していた魔物《まもの》たちがユニス城《じょう》に突入《とつにゅう》を始めた。

先頭は暗黒騎士《あんこくきし》シングージに扮《ふん》した神宮寺《しんぐうじ》。

そのあとをウルフ軍団《ぐんだん》が追い、そしてバイトの魔物たちが続く。

おれ、ロレッタ、スライムさんはしんがり担当《たんとう》だ。

最後尾《さいこうび》のおれたちにはゴーレムさんが護衛《ごえい》についてくれている。

グオオオオオオオオオオ——

雇《やと》った魔物の数は二百を優《ゆう》に超《こ》える。

「おお、壮観《そうかん》だなぁ」

おれは城内に突撃する魔物の群《む》れを眺《なが》めながらそうつぶやく。

一度目のときは偽《にせ》サイトを活用して人間たちに頑張《がんば》ってもらったが、あのあと雫《しずく》たちに偽サイトのことがバレてしまい、現在《げんざい》の公式サイトは会員登録しないと、キャンペーンの詳細《しょうさい》を見ることができないようになっている。

同じ手はもう使えない。

だから——

今度は奇《き》をてらわずストレートに総力戦を仕掛《しか》けたのだ。

前回、バイトの魔物《まもの》を活用しなかったのは地下迷宮《ちかめいきゅう》の守りを考えてのことだったが、今回は守りをほぼ捨《す》てて、この戦いに臨《のぞ》んでいる。

一応《いちおう》、監視役《かんしやく》に数名の魔物を残してきているが、戦闘要員《せんとうよういん》ではないので、できるのは本当に監視だけだ。だがたとえ地下迷宮に危機《きき》が訪《おとず》れたとしても、死亡《しぼう》することにより即座《そくざ》に地下迷宮で復活《ふっかつ》することができるので、万が一の場合は集団自決《しゅうだんじけつ》という手がある。

……まあ、できることなら回避《かいひ》したい作戦だが。

「上だ！　みんなどんどん上を目指せ！」

グオオオオオオオオオオ——

考えるよりも先に身体《からだ》が動くタイプの魔物たち（悪く言えば脳筋《のうきん》）は群《む》れをなしてユニス側の魔物に襲《おそ》いかかる。

「怯《ひる》むな！　前に進め！　突《つ》っ込《こ》め、突っ込め！」

グオオオオオオオオオオ——

きっとユニス側は大量の魔物を相手にすることは想定していなかったのだろう。

二十階あたりまでは前回と比較《ひかく》しても断然《だんぜん》楽に攻略《こうりゃく》することができた。

それでも戦力は二割減《げん》――

その後も上にいくに従《したが》い、味方の数は減《へ》っていった。

あちらもどんどん戦力を投入している様子。

「サトルっち？　自分らまで来ることはなかったんじゃないっすか？」

「ん……なんでだよ」

おれはゴーレムさんが背中《せなか》に担《かつ》いでいる各種罠《わな》を受け取りつつ、反応《はんのう》する。

「後方からやってくる人間たちを罠にハメるサトルっちはさすがだと思うっすけど、これならバイトの魔物たちに戦わせたほうがよくないっすかぁ？」

「……んー、罠で撃退《げきたい》できるならそれに越《こ》したことないじゃん。戦力削《けず》られたくないし」

「サトル先生、この催涙《さいるい》ガスが噴射《ふんしゃ》される罠《わな》なのですが、あそこにある宝箱の周辺の床《ゆか》に設置《せっち》する感じでいいでしょうか？」

「お、いいね。その手でいこう」

「とても指揮官《しきかん》のやることとは思えないっす！　地味っす！」

わかってるよ、スライムさん――

死んでもアップグレードした『祭壇《さいだん》』でおれもロレッタも復活《ふっかつ》できるとはいえ……。

前回同様、戦いではなんの役に立たない、こうして手持ちの罠で後方からやってくる冒険者《ぼうけんしゃ》を撃退《げきたい》することしかできないおれたちが前線にやってくる意味は薄《うす》い。

指揮《しき》に徹《てつ》するなら絶対安全《ぜったいあんぜん》な地下迷宮《ちかめいきゅう》から指示《しじ》を出したほうが効率的《こうりつてき》だ。

でも――

おれにはある目的があった。

ガーディアン――これを倒《たお》す算段《さんだん》はついている。

問題はそのあと。

……おれは雫《しずく》に言ってやりたいことがあるのだ。

あいつはずっと家を空《あ》け、イトコの姉ちゃん家に居候《いそうろう》している。居場所はわかっているし、学校にも通っているので現実で顔を合わせようと思えばいくらでもチャンスはある。

いつでも会って、面と向かって話すことができる。

だがそれではダメなのだ。

この世界で、この戦いに勝って、その上で言ってやらないと。

そうしなければあいつには伝わらない。

説得力がない。

「あと少しで四十階だ。みんな気を抜《ぬ》かないように」

「はい！」

「ウホッ！　ウホッ！」

「まー、適当《てきとう》に頑張《がんば》るっすー」

先頭の神宮寺《しんぐうじ》たちから三十階に到達《とうたつ》したと先ほど連絡《れんらく》があった。

まだ戦力は半減《はんげん》した程度《ていど》のようだから四十階まではこのままの勢《いきお》いを保《たも》てそうだ。

問題はガーディアン——

どれだけ戦力を投入しても普通《ふつう》の武器《ぶき》では傷《きず》一つつけられないからな。

そして、あの金属生命体《きんぞくせいめいたい》との戦いで鍵《かぎ》となるのはもちろん……。

†

「ようやく……だな」

四十階に到達したおれたちはお互《たが》いの背中《せなか》を守るような陣形《じんけい》でガーディアンと対峙《たいじ》していた。

「ウゴゴゴゴゴゴゴゴゴッ！」

ガーディアンは前回と同じく階段を塞《ふさ》ぐようにして立っていた。

『また来たんだ。懲《こ》りないねー』

どこからともなく聞き覚えのある声が降《ふ》ってきた。

壁《かべ》の四隅《よすみ》に設置《せっち》されたスピーカーからだ。

『もう時間がないからって自棄《やけ》になってもガーディアンには勝てないよ？』

スクリーンに映《うつ》った雫《しずく》のドヤ顔は相変わらず小憎《こにく》たらしかった。

もう時間がない――

例の魔王《まおう》を決める投票《とうひょう》が行われるのは明日。

雫が言っているのはそのことだろう。

「自棄《やけ》になったわけじゃねえよ。勝算があるから、この戦いに臨《のぞ》んだんだ」

『だってさ、ユニス』

『……ゴリ押《お》しじゃない？』

『ハッタリだって。兄貴《あにき》はそういうの得意なんだから――……っ』

雫の顔が凍《こお》りついたのがはっきりわかった。

その隣《となり》にいるユニスの顔もだ。

二人の目が捉《とら》えたもの――それは……。

「ここからが本番ね」

先頭の神宮寺《しんぐうじ》がそれまで使っていた安物の剣《けん》を腰《こし》の鞘《さや》に戻《もど》し、背負っているもう一本の剣を引き抜《ぬ》いた。その剣はおれが持っている魔剣をより禍々《まがまが》しくしたもので。

『う、嘘《うそ》。嘘だ……』

『あの模様《もよう》はガーディアンの鎧《よろい》と同じ……？』

『そんな！　お金もないのにどうやってディアブロソードを！』

神宮寺が手に持つ巨大《きょだい》な剣──

それはまさにディアブロソードであった。

製作《せいさく》を依頼《いらい》すれば完成まで優《ゆう》に数ヶ月はかかると言われている武器で──

だからおれたちはこの剣をレンタルという形で入手した。

本来の持ち主は──タイタンアースの代表取締役社長《だいひょうとりしまりやくしゃちょう》、つまりゴーレムさんの母親である。

「魔界の大物にツテがあってな。これはそのツテを最大限《さいだいげん》利用して手に入れたものだ」

『くっ、まさかパトロンがいるだなんて……』

「パトロン？　それはちょっと違《ちが》うなー」

ディアブロソードは時価《じか》五百億デモンで取引されている非常《ひじょう》に高価なもの。

たとえおれたちにパトロンがいたとしても、そう簡単《かんたん》に動かせる金額《きんがく》ではない。

そもそもゴーレムさんの母親は、迂闊《うかつ》にも身分を明かしてしまった自分の娘《むすめ》に勘当《かんどう》を言い渡《わた》し、その後、一方的に電話を切ってしまったわけで、とてもじゃないが資金援助《しきんえんじょ》に応《おう》じてくれる雰囲気《ふんいき》ではなかった。

そこでおれたちはある賭《か》けに出た。

まあ賭けというか、あるものを提示《ていじ》してゴーレムさんの母親と交渉《こうしょう》を試みたのだ。

……そのあるものというのは──

「雫ー。このディアブロソードが手に入ったのはお前のおかげなんだぞ？」

『…………は？　何言ってんの？』

「ディアブロソードの持ち主がＢＬ好きでなー。お前がクローゼットの中に隠《かく》してたＢＬ同人《どうじん》誌《し》を渡《わた》したら、『地球は——日本はレベルが高い！』って喜んでたぞ？」

『……ちょ、兄貴《あにき》、何考えてんの!?　バカなの!?』

「おれもチラッと覗《のぞ》き見したけど、お前の持ってる本ってなんで全寮制《ぜんりょうせい》の学校っていう設定《せってい》があんなに多いんだ？　カップリングも先輩《せんぱい》後輩の組み合わせばっかだし。しかも後輩は絶対《ぜったい》金持ちの息子で、世間知らずな優等生《ゆうとうせい》タイプな。元ネタが同じなのかと思ったけど、オリジナルの本もかなり混《ま》じってたし、何アレ？　あれがお前の理想のシチュなの？」

『う、うっさいなぁ！　人の趣味《しゅみ》にケチつけんな！　兄貴だって持ってるエロ本とかエロゲーに出てくるキャラ、黒髪巨乳《くろかみきょにゅう》ばっかじゃん！　しかも高飛車《たかびしゃ》生徒会長か、金持ちツンデレキャラで、脅《おど》して性奴《せいど》隷《れい》にするヤツばっか！』

「ててて適当《てきとう》言うなし！」

こ、こいつ——いつの間におれの秘蔵《ひぞう》のコレクションを!?

「兄貴あれでしょう？　日ごろ、神宮寺《しんぐうじ》先輩に酷《ひど》い目に遭《あ》ってるから、せめてフィクションの中だけでも支配《しはい》したい、っていう願望の表れでしょ？　生徒会長とか金持ちキャラって、金髪系も豊富《ほうふ》だけど、兄貴のコレクションは全部黒髪に限定《げんてい》されてたし！」

「…………成宮《なるみや》君」

神宮寺がディアブロソードの切っ先をおれに向ける。

「いやいやいや！　誤解《ごかい》だって！　本気にすんな！」

ってか、雫《しずく》のヤツ、おれと神宮寺がいがみ合ってることもそうだが、なんでおれの秘蔵のコレクションを熟知してんだよ！　や、まあ、おれも人のこと言えないけどさ！

「サトル先生、話がよくわからないのですが……？」

「自分が説明するっす！　要はサトルっち、覇王《はおう》っちを夜のオカズに――」

「スライムさん！　説明すんなあああああ！」

「もがっ⁉」

スライムさんの口を手で塞《ふさ》ぐ。水属性《みずぞくせい》だからか唇《くちびる》がぷにょぷにょしていた。

……ったく、妹ってのは厄介《やっかい》な生き物だぜ。

ま、ロレッタの未来が明るいものになるのならこのくらいなんてことない。

『勝手に人の同人誌を売り払《はら》うなぁ！』

「安心しろ。売り払ったわけじゃない。担保《たんぽ》にしただけだから」

そう――

おれたちは何も同人誌とディアブロソードを物々交換《ぶつぶつこうかん》したわけではないのだ。

ゴーレムさんの母親はBL好きの腐女子《ふじょし》ではあるが、趣味《しゅみ》のためなら金に糸目はつけない、という浪費家《ろうひか》タイプではなかったのである。

交渉《こうしょう》は難航《なんこう》した。入手困難《こんなん》な日本の同人誌《どうじんし》とはいえ、時価《じか》五百億デモンの武器《ぶき》との交換《こうかん》は割《わり》に合わないと言われてしまったのだ。

そこでおれが提案《ていあん》したのが『同人誌の永久供給案《えいきゅうきょうきゅうあん》』である。

まずディアブロソードはレンタルという形で借り受け、戦いが終わったら返す。

また武器が原型を留《とど》めていれば雫《しずく》の同人誌も返ってくる。

ただし——

万が一、ディアブロソードが破損《はそん》してしまった場合、雫の同人誌はゴーレムさんの母親のものとなり、さらに定期的に日本のBL同人誌や各種グッズを異世界《いせかい》に持ち込《こ》み、ゴーレムさんの母親に提供しなければならなくなる。

それが『同人誌の永久供給案』の概要《がいよう》である。

『破損したら、返ってこない!?』

そのことを雫に伝えると、額《ひたい》にシワを寄《よ》せるほど驚《おどろ》いていた。

「降参《こうさん》するなら今のうちだぞ？　いいのかぁ、雫？」

『ぐぬぬぬっ……』

『雫、大丈夫《だいじょうぶ》？』

『ぬううう！ 平気！ 問題ない！ もし剣が破損して、同人誌が返ってこなくても、兄貴に弁償《べんしょう》させればいいだけだし！』

「やっぱそう来るかー」

雫がこの程度《ていど》のことで降参するわけねぇよなぁ。

「神宮寺《しんぐうじ》、雫もああ言っていることだし、手加減《てかげん》は無用だ！ ガーディアンをやれ！」

「……あとで覚えておきなさいよ」

切れ長の目がおれを射竦《いすく》める。

まるで一番の敵《てき》はキミよとでも言いたげであった。

「はあああああああああああ！」

神宮寺がガーディアンに斬《き》りかかる。

緊張《きんちょう》の一瞬《いっしゅん》である。

前回はあっけなく弾《はじ》き返されたが――

「サトル先生、見てください！ ガーディアンに傷《きず》が！」

「おっ、本当だ！」

神宮寺が放った斬撃《ざんげき》がガーディアンの鎧《よろい》に傷をつけた。

効《き》いている。

聖剣《せいけん》デュランダルでは傷一つつけられなかったがディアブロソードは違《ちが》う。

ちゃんとガーディアンにダメージを与《あた》えている！
『雫《しずく》……このままでは』
『う、うん。わかってる。とりあえず待機してる魔物《まもの》を下に向かわせて……』
『試作中のアレも動かすべきでは？』
『……そうだね。あっちはディアブロソードを持ってるわけだし……』
スクリーン越《ご》しに二人の会話が聞こえてきた。
かなり焦《あせ》っているようだな。
作戦会議《さくせんかいぎ》するならスクリーンを切ってからにしたほうがいいぞ？
――グオオオオオオオオオオ！
ほどなくして上の階から魔物の群《む》れが降《お》りてきた。
「こっちも応戦《おうせん》だ！　総員かかれ！　ガーディアンは神宮寺《しんぐうじ》に任《まか》せていいからな！」
「ウホッ！　ウホッ！」
「「「「ウガアアアアアアア！」」」」
バイトリーダーのゴーレムさんを先頭に、降りてきた魔物を迎《むか》え撃《う》つ。
四十五階に続く階段《かいだん》があるこのフロアはかなり広く――
天井《てんじょう》の高さも含《ふく》め、学校の体育館を連想させる空間の広がりがある。
そんな中、おれ、ロレッタ、スライムさんは後方でみんなの戦いを見守っていた。

最近、ロレッタが覚えた魔法シールドが周囲に張《は》り巡《めぐ》らされているので、ガーディアンの攻《こう》撃《げき》以外はなんとか防《ふせ》ぐことができる。

この戦いの主役はディアブロソードを持っている神宮寺だ。

「ウゴゴゴゴゴゴゴゴゴゴゴゴゴ——ッ！」

戦いが加熱する中、ガーディアンの特大の咆哮《ほうこう》が室内を揺《ゆ》らした。

その直後——

ガーディアンが両手でかまえている斧《おの》を大きく振《ふ》り回した。

警戒《けいかい》していた神宮寺はバックステップでその攻撃をかわすが……。

——ブオン！

突然《とつぜん》、斧の刃先が数倍の長さに伸《の》びた。

伸長《しんちょう》したその斧は神宮寺の胴体《どうたい》を襲《おそ》い——

「きゃあああああ！　覇王《はおう》先生！」

神宮寺だけではない……。

近くにいたゴーレムさん、ウルフ軍団《ぐんだん》もろとも薙《な》ぎ払《はら》った。

『あ、あは……あははは！　やったぁ！　やったあああ！』

『さすがにグロイです……』

笑顔の雫と、顔を背《そむ》けるユニス。

一方のおれたちは――

「……これで、ガーディアンの攻撃《こうげき》パターンはだいたい読めたな」

「幻《まぼろし》だとわかっていても、ドキッとしますね、やっぱり」

「一応《いちおう》、撮影《さつえい》しといたっすー。あとで何かに使えるかもしれないっすからー」

予定通りの展開《てんかい》に頬《ほお》を緩《ゆる》ませていた。

と言うのも――

「……ああいう攻撃もあるわけね」

「ウホッ！　ウッホッ！」

「「「「ウガアアアアアアア！」」」」

全員無事だからだ。

胴体《どうたい》を真っ二つにされた神宮寺《しんぐうじ》も、両足を切り落とされたゴーレムさんも、五匹《ひき》仲よく薙《な》ぎ払《はら》われたウルフ軍団《ぐんだん》も、傷《きず》一つ負うことなく生存《せいぞん》していた。

『な、なんで!?　なんで全員、生きてるの!?』

『ありえません……。ガーディアンの必殺の奥義《おうぎ》、旋風撃《せんぷうげき》が完全に入ったのに……』

思わぬ展開に雫《しずく》たちは混乱《こんらん》している様子。

まあスクリーン越《ご》しではわからなかっただろうな。

……いや、現実を目の当《ま》たりにしていたおれたちだって事前にタネを知っていなければ信じられなかっただろう。

「上手《うま》くいったようですわね」


おれの後方――長い通路から音もなく現れた金髪碧眼《きんぱつへきがん》の美女。

元教会の広告塔《こうこくとう》、聖女《せいじょ》セシリアである。

「助かったぜ、セシリア。幻術《げんじゅつ》、サンキューな」

「いえいえ」と首を振《ふ》るセシリア。「お役に立てたのなら幸《さいわ》いですわ」

「ちょっとヒヤヒヤしました」

「映像《えいぞう》だけ見ると幻《まぼろし》にはとうてい見えないっす！　これで映画撮《と》れるっす！」

保険《ほけん》かけといてホントよかったぜ……。

負けられない戦い――一発勝負だからこういうリスクヘッジはマジで大事。

雫たちもまさかおれたちが教会を追放されたセシリアと手を組んでいるとは思わなかっただろう。幻術作戦、大成功《だいせいこう》だ。

「ではわたくしも加勢致《かせいいた》しますわ」

セシリアが武器《ぶき》を握《にぎ》り、魔物の群《む》れに向かっていく。

彼女は剣の腕《うで》もたしかだ。大きな戦力になってくれるはず。

そして、もう一人も――

「咲良《さくら》さん、行くわよ」

「……了解《りょうかい》」

神宮寺《しんぐうじ》の声に合わせて地を蹴《け》ったのは咲良さん。

今の今までセシリアの幻術《げんじゅつ》で姿《すがた》を隠《かく》していたのだ。

その間、ずっとガーディアンの動きを彼女は見ていた。

全ての攻撃《こうげき》パターンを把握《はあく》するために……。

しかも咲良さんの手にはもう一本のディアブロソードが握《にぎ》られている。

「ウゴゴゴゴゴゴゴゴゴゴゴゴゴゴゴ――ッ！」

ガーディアンが斧《おの》を一閃《いっせん》――

目の前の強敵《きょうてき》二人を攻撃するが……。

「はあああああああ！」「やあああああああああ！」

少女たちは華麗《かれい》なジャンプでその攻撃をかわし、

――ざしゅううううう！

神宮寺はガーディアンの左腕《ひだりうで》を、咲良さんは右腕をそれぞれ斬《き》り落とした。

「ウゴゴゴゴゴゴゴゴゴッ⁉」

それまでにない咆哮《ほうこう》――まるで悲鳴のように聞こえた。

床《ゆか》に巨大《きょだい》な腕、二本と斧が落ちている。

これでもう斧は握《にぎ》れない。

多彩《たさい》な技《わざ》を持つガーディアンだが、そのほとんどは斧から繰《く》り出されるものだった。

あと警戒《けいかい》すべきなのは胸部から発射《はっしゃ》されるペラゾーマくらいだが――

「ウゴゴゴゴゴゴゴゴゴゴゴゴゴ――ッ！」

そのペラゾーマがガーディアンの胸《むね》から伸びた五つの砲《ほう》から発射された。

この間と同じく五発同時発射というチート級《きゅう》の魔法《まほう》が神宮寺たちに襲《おそ》いかかる。

だが――

「来るとわかっていればこんなもの！」

「……とてもわかりやすい」

二人はディアブロソードを盾《たて》にしてペラゾーマを弾《はじ》いた。

ディアブロソードは武器だが、あらゆる攻撃を弾くという意味ではガーディアンの鎧《よろい》と同じなのだ。ペラゾーマを弾くくらいなんてことない。

『ガーディアンが……私とユニスの最高傑作《さいこうけっさく》が！』

『雫《しずく》、やっぱりアレを使うしか……』

『わかってる！』

両腕を斬り落とされ、切り札のペラキャノン（だったよな？）を弾かれ、雫たちはそうとう焦《あせ》っているようだけど、どうやらまだ何か隠《かく》し球《だま》があるみたいだな……。

「サ、サトル先生！　あれ！」

「ぬおー!?　なんか見覚えあるっすよ!?」

ガシャンガシャン――

上の階から複数《ふくすう》の足音が降《お》りてきた。

「ウホホホホホホホホッ！」

「「「「ウガガガガガガガガガッ！」」」」

「スラララララララララッ！」

現れたのはゴーレムさん、ウルフ軍団《ぐんだん》、スライムさんとよく似《に》た金属生命体《きんぞくせいめいたい》で……。

『ディアブロゴーレム……ディアブロウルフ軍団……そしてディアブロスライムさん！　侵《しん》入者《にゅうしゃ》を排除《はいじょ》して！　手加減《てかげん》は無用だから！』

雫《しずく》の命令を受け、金属生命体たちはガシャンガシャンと激《はげ》しく足音を鳴らす。

なんでディアブロスライムだけさん付けなんだよ……。

そんなおれの心の叫《さけ》びはともかく――

「まさか……もう完成していたとは！　ディアブロゴーレム、ディアブロウルフ軍団、ディアブロスライムさん！」

「名前、長いっすねー。呼《よ》びにくいっす。略称《りゃくしょう》とかないんすかぁ？」

『じゃあ、ディアG、ディアW軍団、ディアSさん？』

『あ、なんかモ○ハンの装備《そうび》っぽい略し方。……って、ユニス！　敵《てき》の戯言《たわごと》にいちいち付き合わなくていいから！』

『ご、ごめんなさい……』

茶番を挟《はさ》みつつも、戦いはさらに加熱していった。

「どうやらこれからが本番みたいね」

「……うん」

神宮寺《しんぐうじ》と咲良《さくら》さんが新手の出現に気を引き締《し》める。

おれたちも呑気《のんき》に鑑賞《かんしょう》してる場合じゃないぞ。

「神宮寺、咲良さん！　まずはガーディアンからだ！　新手の金属生命体は同キャラ対決といこうぜ！　ゴーレムさんとウルフ軍団は例の秘密兵器《ひみつへいき》を起動だ！」

「ど、同キャラ対決って、自分も戦うんすかぁ……？」

「またこの前みたいにギガンテ使って自爆《じばく》してよ」

「自爆推奨《すいしょう》っすか⁉」

「や、ほら？　たしかギガンテって魔法力《まほうりょく》でダメージを与えるんじゃなくて生命エネルギーをぶつける自爆技《わざ》だろ？　もしかしたらディアブロの鎧《よろい》を貫《つらぬ》くかもしれない」

「……ん、んー、かもしれないっすけど……」

「スララララララララッ！」

「ほらほら。あっちもスライムさんと戦いたがってるぞ」

「ま、マジっすか⁉　ひぃぃぃぃぃ⁉」

超笑顔《ちょうえがお》で迫《せま》ってくるディアSさんに恐《おそ》れをなしたスライムさんがその場から駆《か》け出す。

「スライムさん……大丈夫《だいじょうぶ》でしょうか？」

「やってくれるさ、スライムさんなら」

……かどうかはわからんが、少しでも時間を稼《かせ》いでくれればそれでいい。

「ウホッ！　ウホッ！　ウホッ！」

「「「「ウガアアアアアア！」」」」

「ウホホホホホホホホッ！」

「「「「ウガガガガガガガガッ！」」」」

そうこうしているうちにフロアの中央で、同キャラ対決が始まった。

咆哮《ほうこう》が入り混《ま》じり、聞いているだけで耳が痛《いた》くなってくる。

「ウホッ！　ウホッ！」

ゴーレムさんがディアGに向かってパンチを放つ。

ディアブロに包まれたディアGに並《な》みの攻撃《こうげき》が効《き》くはずもないのだが、

「ウホホホホホホホホホッ⁉」

……効いている。

ディアGはゴーレムさんのパンチにダメージを受けていた。

それもそのはず……。

「これがディアブロナックルの威力《いりょく》！　素晴らしいです！」

「ウルフ軍団《ぐんだん》が前足につけてるディアブロクロウも効いてるっぽいな！」

『な、なんでそんなにディアブロ装備がそろってるの⁉　バーゲンでもやってたの⁉』

雫《しずく》がスクリーン越《ご》しに金切《かなき》り声を上げる。

「ああ。言い忘《わす》れてたけど、ゴーレムさんの母親に渡《わた》したのは同人誌《どうじんし》だけじゃないんだよ。同人誌と一緒《いっしょ》にクローゼットに隠《かく》してたグッズなんかも担保《たんぽ》にしたから。ってかさ？　お前、どんだけ抱《だ》きまくらカバーとか添《そ》い寝《ね》シーツ持ってんだよ？」

『ゴミ兄貴《あにき》！　殺す！　絶対《ぜったい》殺すぅぅぅぅぅぅぅぅ！』

いやー、念のため用意しといて正解《せいかい》だったぜ。

神宮寺《しんぐうじ》と咲良《さくら》さんならガーディアンを攻《せ》め立てることができると信じていたし、劣勢《れっせい》だとわかればユニス側が新手《あらて》の敵《てき》を送り込んでくるかもしれない、ということも同時に予測《よそく》できていたことで、だからおれはディアブロ装備をゴーレムさんたちに与《あた》えたのだ。それも目立たないような形で。

「みなさん頑張《がんば》ってください――っ！」

声援《せいえん》を送りながら支援魔法《しえんまほう》でみんなを援護《えんご》するロレッタ。

目の前では死闘《しとう》が繰《く》り広げられている。

文字通り死屍累々《ししるいるい》の戦いである。

もっとも死を迎《むか》えた者はもれなく『祭壇《さいだん》』送りなのでフロアに屍《しかばね》は転がっていないが。

「マジで……すごい光景だな」

敵《てき》も味方も、その数をどんどん減《へ》らしている。

まるで神隠《かみかく》しにでも遭《あ》ったかのようにフロアから消えていく。

魔物対魔物の雑魚《ざこ》対決もそうだが、

「ウホッ⁉　ウホッ⁉　ウッホオオオッ⁉」

同キャラ対決に臨《のぞ》んでいたゴーレムさんがディアGに敗《やぶ》れ――

ついに『祭壇』送りとなってしまった。

「「「「ウガアアアアアアア！」」」」

ウルフ軍団《ぐんだん》は激闘《げきとう》の末、ディアW軍団を破壊《はかい》したが、

「うぎゃあああああっす⁉」

スライムさんはギガンテを放つことができず敗北。

生き残ったディアGとディアSに向かっていったのはセシリア。

彼女にも密《ひそ》かにディアブロレイピアを渡《わた》しておいたのでヤツらに対処《たいしょ》できるはず。

そんな中――

「咲良《さくら》さん！　止《とど》めよ！」

「……了解《りょうかい》」

剣道少女コンビがガーディアンに止めを刺《さ》さんとしていた。

「ウゴゴゴゴゴゴゴゴゴゴゴゴゴ――ッ！」

ガーディアンもペラキャノンで迎《むか》え撃《う》つが……。

――ガキーン！

二人は空中でペラゾーマ五連発を弾《はじ》き、

「はあああああああ！」「やああああああああ！」

ガーディアンの胴体《どうたい》に向かって突撃。

「ウゴゴゴゴゴゴゴゴゴゴゴゴゴゴ――ッ!?」

心臓部《しんぞうぶ》を破壊されたのか、ガーディアンは一際《ひときわ》高い咆哮《ほうこう》を上げ、その場に倒《たお》れ込んだ。

「やりました！」

「ああ！」

二人なら絶対なんとかしてくれると思ってた。

そして――

二人が生き残りさえすれば残党《ざんとう》の処理《しより》なんてわけない。

勝ちだ。おれたちの勝ち。

「……ふぅ、さすが咲良《さくら》さん。あなたがいてくれて本当に…………………え？」

咲良さんと微笑《ほほえ》み合っていた神宮寺《しんぐうじ》の顔から笑顔が消えた。

「ウゴゴゴゴゴゴゴゴゴゴゴゴゴゴ――ッ！」

床《ゆか》に倒《たお》れ伏《ふ》していたガーディアンが再《ふたた》び咆哮《ほうこう》を上げたのだ。

何事かとその場にいた全員がガーディアンに注目すると、

「ジバク……モード……キドウ……。三、二、一――ミナサン……サヨウナラ！」

「まずいぞ、あれは――」

「ひゃんっ⁉」

おれはとっさにロレッタを床に押《お》し倒し、身を低くした。

――ド――――ンッ！

直後、ガーディアンが大爆発《だいばくはつ》を起こした。

超巨大《ちようきよだい》な火球がフロア全体を包《つつ》み込む。

……。

…………。

……………。

「え」

目を開けると、ロレッタが戦闘前《せんとうまえ》に張った魔法《まほう》シールドが消えていた。

……消えていたのは魔法シールドだけではない。

「は、はぇ？　誰《だれ》も……残っていないです……？」

「敵《てき》も味方も、ガーディアンの自爆《じばく》に巻《ま》き込まれたんだ……」

全滅《ぜんめつ》——といっても、みんなとっくに『祭壇《さいだん》』で復活《ふっかつ》してるだろうけど。

教会を追放されて『加護《かご》』を受けられなくなったセシリアと咲良さんにも、今回の作戦の前に『帰趨《きすう》の邪法《じゃほう》』をかけておいたから、あの二人も神宮寺たちと一緒《いっしょ》に地下《ちか》迷宮《めいきゅう》で蘇《よみがえ》っているはずだ。

一方、おれとロレッタは——

フロアの隅《すみ》にいて、魔法シールドを張《は》り巡《めぐ》らせていたから助かったのだろう。

「ディアブロソードが落ちてる……」

一本は神宮寺のもの、もう一本は咲良さんのものだろう。

おそらく二人ともディアブロソードを盾《たて》にして自爆攻撃から身を守ったはずだ。

とはいえあの大爆発《だいばくはつ》である。

ペラゾーマのような単体《たんたい》に向けた攻撃《こうげき》ならば弾《はじ》くことはできるのだろうが、さっきのような広範囲《こうはんい》に渡《わた》る攻撃を剣で防《ふせ》ぐことはできない。身を隠《かく》すことができる盾《たて》とかだったら生存可能《せいぞんかのう》だったかもしれないが――

「おれとしたことが……あの程度《ていど》の攻撃も予測《よそく》できないなんて……」

ガーディアンだぞ、ガーディアン。

いかにも自爆《じばく》とかやってきそうな敵《てき》なのに……。

「……何もかもボロボロだな」

フロアにはディアブロソード以外にもドロップ品（敵のものか味方のものかはわからない）が落ちていたが、それ以外は見るも無残だった。

――プス……プスプス……ッ。

雫《しずく》たちの顔が映《うつ》しだされていたスクリーンも消し炭《ずみ》になっている。

でも――

おれとロレッタは生き残った。

ガーディアンに全滅《ぜんめつ》させられる可能性《かのうせい》だってなくはなかった戦いだ。

結果としてガーディアンを倒《たお》せたわけで……。

これも死力を尽《つ》くして戦ってくれたみんなのおかげだ。

「ロレッタ、行こう。上で雫たちが待ってる」

おれは床《ゆか》に刺《さ》さったディアブロソードを引き抜《ぬ》き、ロレッタに手渡《てわた》した。

もう一本は自分の手に。

「みんなの死を無駄《むだ》にしてはいけない」

「……はいです！　行きましょう！」

おれたちは焼け焦《こ》げたフロアを抜け、上に続く階段《かいだん》を駆《か》け上がった。

四十階から四十五階へ、そして五十階へ――

その間、敵が出現することはなかった。

†

「……あ、兄貴《あにき》」

「ロレッタ……」

最上階は地下《ちか》迷宮《めいきゅう》の玉座《ぎょくざ》の間とよく似《に》た構造《こうぞう》だった。

ただ玉座が二つあり、雫とユニスはその玉座の前で棒立《ぼうだ》ちしていた。

二人とも焦《あせ》った様子はなく……なんというか放心していた。

「ん、あそこに見えるのは『祭壇《さいだん》』と――」

さっきまで戦っていたユニス側の魔物《まもの》たちが『祭壇《さいだん》』の周囲に転がっているのが見えた。

──ウガガ……ッ。

──ガアア……ッ。

復活《ふっかつ》しては戦い復活しては戦いを繰《く》り返したのだろう、みんな疲《つか》れ切っている。

『祭壇』は復活を促《うなが》す効果《こうか》があるが、それは死の直前に戻《もど》るだけである。

体力の消耗《しょうもう》が回復《かいふく》するわけではない。

「どうやら……打つ手は残っていないみたいだな」

手駒《てごま》を使い果たしたのはこちらも同じだが──

ディアブロソードを二本所持しているおれたちのほうが間違《まちが》いなく有利《ゆうり》である。

雫《しずく》とユニスは丸腰《まるごし》で、武器《ぶき》を持っている様子はなかったから。

「さーて、仕上げだな」

おれはディアブロソードを両手でかまえたまま二人に接近《せっきん》する。

「サ、サトル先生……何を？」

「仕上げだよ、仕上げ」

と言いながらなおも二人に迫《せま》るおれ。

「ま、待ってよ、兄貴《あにき》？　無抵抗《むていこう》の私たちを斬《き》るつもり？」

「……もうこちらに戦う意志《いし》はありません」

そう言って二人が両手を上げる。降参《こうさん》のポーズだ。

「降参だぁ？　おれたちゃ戦争してんだぞ？　通るか、そんなもん！」

脅《おど》すように言う。

そして、雫の目の前までやってくるとディアブロソードを振《ふ》り上げ、

「兄貴⁉　謝《あやま》るから！　謝るから止めて⁉」

「だから知るかっての！」

おれは両手で頭をかばい目を瞑《つむ》った雫の頭に――

ディアブロソードを振り下ろ――しはせず、代わりに頭の上にゲンコツを落とした。

「……痛……たぁ！」

「バカタレ」

ゲンコツを落としたあと、おれは雫の頭をさすってやった。

「びっくりしましたぁ……」

ロレッタがホッと胸《むね》をなで下ろし、おれの隣《となり》に並《なら》ぶ。

「ううう……酷《ひど》い」

「ビビりすぎだろ、お前。ってか、たとえ斬《き》られたとしても、奥《おく》の『祭壇』で復活するんだから、どうってことないだろうが。おれなんてこっちに来てけっこうな回数死んでるぞ」

「……マジ？　私、一度も体験《たいけん》したことない」

「そういえば私もありません……」

二人とも死を疑似体験《ぎじたいけん》したことがないらしい。

ま、今回が初めてのダンジョン運営《うんえい》なんだろうし、経験が浅いのも当然か。

「――雫《しずく》」

「……な、何？」

「ことの重大さがわかっていないようだから言うが……」

おれは雫の正面に立つと、そう前置きし、

「ここにいるのがおれとロレッタじゃなくて、お前たちがキャンペーンを打って集めた冒険者《ぼうけんしゃ》の群《む》れだったらどうなっていたと思う？」

「え……それは……」

「人間たちは容赦《ようしゃ》ないぞ。まず復活《ふっかつ》ができないように『祭壇《さいだん》』が破壊《はかい》される。そのあとは奥《おく》に転がってる魔物たちを惨殺《ざんさつ》。最後にお前とユニスだ。お前は死んでも夢召喚《ゆめしょうかん》が解除《かいじょ》されるだけだが、ユニスはどうなる？　お前、そこまでちゃんと考えていたのか？」

「う……」

言葉に詰《つ》まる雫。返事に窮《きゅう》している様子だが――

「た、たしかにそういう事態《じたい》は想定していなかったけど……で、でも、ここに上がってきたのが兄貴《あにき》たちじゃなかったら、そこにあるエレベーターで地下に降《お》りて、ゲートをくぐって魔界に避難《ひなん》していたと思うし……別に何も考えていなかったわけじゃ……」

「魔物たちは？　放置して自分たちだけ逃《に》げるのか？　仲間を見捨《みす》てて？」

「………うぅっ」

今度こそ反論《はんろん》の言葉を失ったようで、雫はしゅんとしてしまった。

「ダンジョン運営で大事なのは、いかにして冒険者に『もう二度と来たくない！』と思わせるかであって、甘《あま》い汁《しる》を吸《す》わせてリピーターを増《ふ》やすお前のやり方は、商売としては正しいのかもしれないけど、ダンジョン運営においては悪手《あくしゅ》だ。絶対《ぜったい》に間違《まちが》ってる。あのまま有用な武器《ぶき》や防具《ぼうぐ》を冒険者に与《あた》え続けていたら、いずれ城《しろ》を守れなくなっていたはずだ」

「……そんなことない。だってこっちにはガーディアンが……」

「そのガーディアンを倒《たお》したから、おれたちはここにいるんだぞ？」

「……そ、それはそうだけど」

「もっと段階を踏《ふ》むべきだったんだ。ユニスをナンバー1にしたいのなら――大切に思っているのなら、焦《あせ》らず、じっくり作戦を練《ね》るべきだったんだよ」

こいつのダンジョン運営は様々な危険を孕《はら》んでいる。

おれは雫にそのことを身をもって知ってほしかった。

「わかったか、雫？」

「…………だったら……」

「ん？」

「……だったら私は……どうすればよかったの？」

雫《しずく》が悲痛《ひつう》な表情を浮《う》かべ、おれを見上げた。

両目には涙《なみだ》が溜《た》まっており、今にもこぼれ落ちそうだった。

「どうすれば兄貴《あにき》みたいに……兄貴みたいに大切な人を守ることができるの？　ねえ、兄貴。私はどうすればよかったの？　教えてよ⁉」

「ど、どうした、雫？」

勢《いきお》いよく詰《つ》め寄《よ》ってきた雫をおれは両手で支《ささ》える。

「わかんない……わかんないよ私……」

雫がおれの胸《むね》に顔を埋《う》めたまま嗚咽《おえつ》を漏《も》らす。

突然《とつぜん》のことに驚《おどろ》いたが、おれは雫が泣き止むまで頭をなでてやった。

そういえば小さいころの雫は泣き虫だったな、と思いながら。


しばらく経《た》って——

落ち着きを取り戻《もど》した雫はゆっくりと過去《かこ》のことを語り始めた。

中一のとき、小学生時代から仲のよかった子がイジメに遭《あ》い、それを止めようとした結果、余計《よけい》イジメが悪化してしまったこと。

ユニスに夢召喚《ゆめしょうかん》され彼女の境遇《きょうぐう》を知り、その子とユニスを重ねてしまったこと。

今度は失敗しないように、と手段《しゅだん》を選ばなかったこと。

「そうか……友達を助けられなかったから……」

だからなりふりかまわず、ユニスを魔王にしようとしたわけか。

んー、でも、だからってなぁ。

「雫。昔、友達を助けることができなくて、そのことで悔《く》やんでいるのはわかったけど、それとユニスの件《けん》はまた別だろ？　もっと穏便《おんびん》な方法でユニスを魔王にすることだってできたんじゃないのか？」

「たしかにそうです」とロレッタが同意する。「実際《じっさい》、わたしたちのほうは話し合いに臨《のぞ》む用意があったわけですし」

「それは……」

雫が一瞬《いっしゅん》、ユニスのほうを見て、すぐに目をそらした。

そして、今度はおれに視線《しせん》を合わせ、

「だって……兄貴……現実でも、異世界《いせかい》でも……なんでも自由にやってるから」

「は？　おれのせいだってのか？」

そういやこいつやけに挑発《ちょうはつてき》的だったよな。兄貴には負けないとかなんとか言って。

「兄貴《あにき》……覚えてる？」

「覚えてるって、何をだ？」

「さっき話したイジメられてた友達なんだけど……私が余計《よけい》なことをしてイジメが悪化したあと、実はある人のおかげでイジメは終焉《しゅうえん》を迎《むか》えたの」

「なんだバッドエンドじゃなかったのか。それで？　そのある人ってのは？」


「……………兄貴だよ」


「って、おれかよ!?」「サトル先生が？」「そうなの？」

驚《おどろ》くおれ。ロレッタとユニスも興味深《きょうみぶか》そうに雫《しずく》を見る。

「私もあとから聞いた話なんだけど……その子、放課後に必ずイジメっ子たちと立ち寄《よ》るコンビニがあって、そこで『万引きしてこい』とか『店員に告白してこい』とか無茶ぶりされてたらしいんだけど、ある日、たまたま現場に兄貴が現《あらわ》れて……」

「コンビニに？　うーん、悪いがまったく記憶《きおく》にない」

「本当に覚えてないの？」と雫が呆《あき》れたような顔で言う。

「ああ……。んで、おれはどうやってお前の友達を救《すく》ったんだ？」

「たしか最初はコンビニの前でたむろってるイジメっ子たちに『はいはい！　おれもイジメて

イジメて！ おれ女の子に罵《のの》しられることに快感《かいかん》を覚える生き物なの！』とかなんとか言って突《とつ》撃《げき》したって話で、イジメっ子たちも私の友達もドン引きだったって」

「……サトル先生」「……それは引きます」

ロレッタとユニスが冷たい目でおれを見る。

えー、何やってんの過去《かこ》のおれ。そりゃ引かれて当然だってばよ！

「変なのに絡《から》まれたと思って、イジメっ子たち、コンビニから立ち去ろうとしたらしいんだけど、兄貴はペースを崩《くず》さず、ヘラヘラしながらイジメっ子たちにスマホを差し出したの」

「スマホを？」

「兄貴は知ってたの。その子たちがコンビニで万引きを繰《く》り返している常習犯《じょうしゅうはん》だってこと。スマホにはイジメっ子たちがバッグに品物をしまう姿《すがた》が鮮明《せんめい》に記録《きろく》されていたの」

「ああ。ってことはそのムービーと引き換《か》えにイジメを止めさせたんだな？」

「うん」と雫が頷き、「兄貴らしいゲスいやり方だよね……。でも、友達は感謝してたよ」

「んー、やっぱり覚えてねーわ。つか、ムービー撮って脅《おど》すとか、おれの常套手段《じょうとうしゅだん》だしなー」

「……だからムカつくんだよ、兄貴は」

雫がボソッとつぶやいた。

悪意がこもった言い方ではなかったが、気になるフレーズだった。

「どういう意味だよ、雫？」

「私……小さいころは兄貴《あにき》の後ろばっかついて回ってたよね？」

「ん、ああ、そうだな」

「でも、小学校の高学年くらいになると、さすがの私も兄貴のやっていることは非常識《ひじょうしき》なことで、本当はやっちゃいけないことなんだって気づいたよ。いっつも犯罪《はんざい》ギリギリなことしてたし、兄貴。あと学校とかでも『雫《しずく》のお兄ちゃんって変人だよねー』って言われたりしてたから、余計《よけい》にそう思うようになって、中学生になるころには……まあ、そのぶっちゃけ、身内の恥だって、兄貴を遠ざけるようになった」

「………そ、そうだったんすか」

うわぁ、リアルー。すまんな、こんな兄貴で……。

「だから、イジメられてた友達を兄貴が救《すく》ったって聞いたとき、すっごい複雑《ふくざつ》な気持ちになった。私はまっとうな方法で友達を助けようとしたのに、上手《うま》くいかず、兄貴はまっとうとは言えないゲスいやり方でイジメを解決《かいけつ》に導《みちび》いて……。私、自分が許《ゆる》せなかった。無力な自分がどうしても許せなかった。……そして、兄貴が羨《うらや》ましかった。なんでも自分の思い通りにできる兄貴が……。同時に妬《ねた》ましくも思った。どうして兄貴にはできて、自分にはできないんだろうって」

「だからおれと張《は》り合うような真似《まね》したのか。ったく、可愛《かわい》くねぇなぁ」

そっか。

今回こいつがやったことは、目指していた場所はおれと同じで……。

小さいころと同じ。おれのあとを追いかけ回す真似っ子。

変わってしまうのだと、変わっていくのだと思っていた。

おれとの関係も、こいつ自身も。

だけど、こいつは一度おれから離《はな》れたものの、また戻《もど》ってきたのだ。

「……ごめんなさい、兄貴。私……私……」

「おいおい、雫。謝《あやま》る相手が間違《まちが》ってるぞ？　謝るならユニスに謝れ。お前はおれと張《は》り合ったがために、ユニスを危険《きけん》に晒《さら》したんだぞ？」

「う、うん……」

雫がしおらしく頷《うなず》き、ユニスに向き直る。

「ユニス……ごめん。私、全然……ユニスのこと考えてなかった」

「ううん、そんなことない。雫は何も悪くない。だって雫は一生懸命《いっしょうけんめい》私のために尽《つ》くしてくれたもの。一人ぼっちだった私の一番の友達になってくれた。それだけでも私……」

ユニスが涙《なみだ》を流す雫の手を自分の両手で覆《おお》う。

彼女もまた目に涙を浮かべていた。

「私……何もかも雫に任《まか》せっきりで、自分で考えようとしなかった……。この城《しろ》の建設《けんせつ》のことも、キャンペーンのことも、配置する魔物や罠《わな》のことも……考えたのは全部雫」

「そ、そんなことない……！」と雫《しずく》が涙《なみだ》を拭《ぬぐ》い、「ユニスだって、ガーディアンの鎧《よろい》、作ったじゃん。あんなの私には真似《まね》できないことだし、すごいって思うよ……？」

「……でも仕事の大部分は雫がやったことですから……」

ユニスはそう自戒《じかい》すると、宿敵《しゅくてき》であるロレッタの前に立ち、

「……ロレッタ。この戦い私たちの負け……です」

「ユニスさん……」

「あなたに勝ちたい……その気持ちに偽《いつわ》りはありません。しかし、結局、私はあなたには敵《かな》わなかった。きっとバチが当たったんだと思う。私は……ただあなたに勝ちたかっただけ。魔王《まおう》になりたかったわけじゃないから……」

「んー、わたしも似《に》たようなものですよ？」

「……え？」

「わたしが地下迷宮《ちかめいきゅう》を運営《うんえい》しているのは、亡《な》き父のためです。あの場所を守りたい。わたしはただその一心でダンジョン運営に励《はげ》んでいました。魔王になろう、なんて考える余裕《よゆう》なんてまったくなくて、防衛《ぼうえい》に追われる毎日です。わたしはとっても未熟《みじゅく》ですから、サトル先生や覇王《はおう》先生がいなければ、とっくの昔に人間のみなさんに謀殺《ぼうさつ》されていたことでしょう」

ロレッタはそこまで話すと、澄《す》んだ目でユニスを見据《みす》え、

「今回の戦いにしてもそうです。わたしは……なんの役にも立っていません。サトル先生、覇

王先生、スライムさん、ゴーレムさん、ゴーレムさんのお母さん、ウルフのみなさん、セシリアさん、サクラさん、そしてバイトのみなさん……。戦いに勝利できたのは、わたしが知恵《ちえ》を絞《しぼ》ったからでも、武器《ぶき》を持って戦ったからでもありません。わたしを支《ささ》えてくれるたくさんの仲間が……今回の勝利をつかみ取ってくれたのです。ですから——」

ロレッタはおもむろにユニスの両手をつかみ、

「ですからユニスさん、これに懲《こ》りずに、魔王《まおう》の座《ざ》を目指してください」

「魔王の座を？」

「わたしも未熟者《みじゅくもの》ですから、魔王になるには時期尚早《じきしょうそう》だと思っています。ですが、これからユニスさんと競《きそ》い合い、知識と経験を身につけ……そうやってお互《たが》い成長していけば、いつかわたしとユニスさんのどちらかが魔王に相応《ふさわ》しい人物になっているはずです。魔界のみなさんも、今後のわたしたちの成長と活躍《かつやく》を目《ま》の当たりにすれば……いずれ真の魔王選が開催《かいさい》されたとき、なんの迷《まよ》いも躊躇《ためら》いもなく、投票に臨《のぞ》むことができるはずです。わたしたちが魔王を名乗っても恥《は》ずかしくない見識を身につけていれば……きっと」

「……ロレッタ……」

ユニスが涙《なみだ》ぐみながらロレッタの手を抱《だ》きしめる。

勝ちたい、負けたくない……そう言っていたが、本当はロレッタと仲よくなりたかったんじゃないだろうか？　二人とも親が有名人という意味では境遇《きょうぐう》が似《に》ているし。

ま、なんにしろあの様子なら、仲よくやっていけそうだ。

「……なんか……すごいね、ロレッタちゃん」

「うちのボスは器《うつわ》がでかいからな」

「た、たしかに……。大物って感じがする。それに可愛《かわい》いし……い、いや、ユニスのほうがずっと可愛いけどね！」

「お前さ……あの子、甘《あま》やかしすぎなんじゃないのか？」

「兄貴《あにき》だって人のこと言えないんじゃない？」

「……まあ、たしかに……な」

やはり兄妹《きょうだい》だな――

おれもこいつも、手のかかる子には目《め》一杯《いっぱい》、愛情を注ぎ込《こ》むタイプなんだろう。

「ともかく、これにて一件落着《いっけんらくちゃく》――」

――緊急警報《きんきゅうけいほう》！　緊急警報！

全て丸くおさまった、と思いきや――

突然《とつぜん》、室内に赤い光が拡散《かくさん》し、警告音と警告を促《うなが》す音声が流れた。

「なんだなんだ？」

――城内《じょうない》で深刻《しんこく》な事態《じたい》が発生しました。当ダンジョンは数分以内に倒壊《とうかい》する可能性《かのうせい》があります。確率《かくりつ》は九十％。城内に残っている方は速《すみ》やかに避難《ひなん》してください。繰《く》り返します。城内で深刻な事態が発生しました。当ダンジョンは数分以内に倒壊する可能性があります。確率は九十％。城内に残っている方は速やかに避難してください。

「と、倒壊ですか⁉」「そんな……まさか⁉」

手を握《にぎ》り合っていたロレッタとユニスが二人して声をひっくり返した。

「おい、雫《しずく》？　どうなってる？」

「……え、えっと……たぶんさっきのガーディアンの自爆《じばく》が思いのほか、城にダメージを与《あた》えたんだと……いや、でも、それだけで崩壊《ほうかい》するのは……」

「雫、建設過程《けんせつかてい》に問題があったのでは……？」

「う……そういえば、兄貴《あにき》たちに気づかれたくなかったから、建設を急がせたんだった……」

「どこの建設業者さんが工事を？」とロレッタ。

「『ダンジョン組』っていう会社だけど……」

「え、『ダンジョン組』⁉」雫の回答にロレッタが悲鳴を上げる。「そこは建材を抜《ぬ》いたり、指定よりも安い建材を使ったり、といったような手抜《てぬ》き工事を行う業者だということが最近発覚したところで……ニュースになっていましたよ？」

「嘘《うそ》ぉ⁉」「そんな⁉」

おいおい――

高い買い物なんだから業者の選定はしっかりしろよ……。


――避難を急いでください。当ダンジョンは間違《まちが》いなく倒壊します。


断定口調《だんていくちょう》になった⁉　さっきは確率九十%って言ってたのに！

「みんな落ち着いて！　大丈夫《だいじょうぶ》だよ、エレベーターを使えば一瞬《いっしゅん》で降《お》りられるから――って、エレベーターが動かせなくなってる⁉　なんで⁉」

「雫、そのエレベーターは城内で異常《いじょう》が発生すると動かなくなる仕様です……」

「そんなぁ⁉」

雫が絶望《ぜつぼう》の悲鳴を上げる。

「あ、そうです！　長距離《ちょうきより》移動魔法《いどうまほう》の『プーラ』を使えば！」

「ロレッタ……。この城はその手の魔法を無効《むこう》にするフィールドを展開《てんかい》しているので……残念ながら『プーラ』は使えません……」

ラスダンからその手の魔法で脱出《だっしゅつ》できないのは定番だよな……って言ってる場合か！

「えええぇー？　じゃあ、階段《かいだん》を使うしか……ありません？」

「でも、あと数分で倒壊《とうかい》するんだろ？　間に合うか？」

フロアは五階刻《きざ》みでしか存在《そんざい》しないが、階段はきっかり五十階分ある。

ただ降《お》りるだけにしても数分ではとうてい不可能《ふかのう》なことに思える。

「難《むずか》しい……かもです」

「まあ、倒壊したところで、『祭壇《さいだん》』で復活《ふっかつ》できるから……って、待てよ？」

おれとロレッタはいい。だが雫《しずく》たちはどうなる？

「おい、やばくないか。城《しろ》が倒壊したら『祭壇』も……壊《こわ》れるんじゃないか？」

『祭壇』が破壊《はかい》された場合、助かるのは夢召喚《ゆめしょうかん》でこの世界を訪《おとず》れている雫だけだ。『祭壇』の効果《こうか》が及《およ》ばない場所で死亡《しぼう》すると、夢召喚が解除《かいじょ》され、現実で目覚める、という話だから。

そして――

ユニスや『祭壇』の周囲で待機している魔物《まもの》たちは無事ではすまない。

待っているのは死だけ。

倒壊する前にこの城から脱出しなければ絶対に助からない。

「……ユニスたちが……死ぬ？　嘘……………嘘……嘘！　そんなの嘘！」

状況《じょうきょう》を悟《さと》った雫が絶望に顔を歪《ゆが》ませる。

「…………そ、そんな……」

──ウガァー⁉

──ウオーン⁉

それはユニスや背後《はいご》にいる魔物たちも同じで……。

「あ、兄貴《あにき》……！ みんなを──ユニスを助けて！」

雫が泣きじゃくりながらおれの胸《むね》に飛び込《こ》んできた。

「落ち着け、雫」

「助けて……助けてよ……お兄ちゃん──っ」

お兄ちゃん──

久《ひさ》しぶりに聞いた。何年ぶりだろうか？ 小学生以来かもしれない。

「雫、冷静になれ。お前は頭いいんだ。一緒《いっしょ》に考えるぞ。ここから脱出《だっしゅつ》する方法を」

「う……うん」

雫がおれから離《はな》れ、指で涙《なみだ》を拭《ぬぐ》う。

とは言ったものの……どうする？ どうやってこの城から脱出する？

「飛行系《けい》の魔物は──く、いないのか……っ」

空を飛べる魔物がこの中にいれば脱出は容易《ようい》だったんだが……。

ユニス城は地上五十階建て。高層ビル並《な》みの高さである。

飛び降りて助かる可能性《かのうせい》はゼロに等しいわけで──

だとすればやはり階段《かいだん》を使うしかない？　しかし、それで間に合うのか？

……………まずい。……まずい、まずい、まずい、まずい、まずい――

倒壊《とうかい》は数分以内に起きると言っている。

もう時間がない。タイムリミットはすぐそこまで迫《せま》っている。

「……と、とにかく！　下に向かおう！　ここにいても意味がない！」

おれは膝《ひざ》をついて絶望《ぜつぼう》しているユニスたちに脱出《だつしゅつ》するよう促《うなが》した。

苦し紛《まぎ》れの提案《ていあん》だったが、おれの声にハッとして、全員がその場から立ち上がった。

ところがそんな中――

「サトル先生……今からではもう間に合いません」

ロレッタが待ったをかけた。

「間に合わないって……どうしたんだ、ロレッタ⁉　試しもせずに諦《あきら》めてしまうなんて、ロレッタらしくないぞ⁉」

いつだってポジティブ、いつだって前向きに物事を捉《とら》えるはずのロレッタが簡単《かんたん》に結論《けつろん》を導《みちび》き出してしまったので、おれはつい怒《ど》鳴《な》ってしまった。

「違《ちが》うんです、サトル先生。諦めようというお話ではなくて――」

そう言ったロレッタの指先から一筋《ひとすじ》の黒いオーラのようなものが生まれた。

その邪悪《じゃあく》なオーラはまっすぐ『祭壇《さいだん》』に向かって伸《の》び――

「これはわたしが編《あ》み出した『転換《てんかん》の邪法《じゃほう》』と呼《よ》ばれるものです」

「『転換の邪法』？　……邪法ってことはもしかして」

間違いなく『帰趨《きすう》の邪法』と関係のある術《じゅつ》だ。

実際《じっさい》、一筋《ひとすじ》の光が『祭壇』に向かって伸《の》びている。

「『転換の邪法』は簡単に言ってしまえば遠く離《はな》れた場所にある二つの『祭壇』の復活《ふっかつ》の対象を入れ替《か》えてしまう術です。本当は新しいダンジョンを作って引っ越《こ》したときに、いちいち『帰趨の邪法』を一人一人にかけ直さなくてもいいように、と思って考えた邪法なのですが……」

警報音《けいほうおん》が鳴り響《ひび》く中、ロレッタの指先から伸びた邪悪な光はますます強さを増《ま》し、『祭壇』もその光に包まれ、激《はげ》しい点滅《てんめつ》を繰《く》り返している。

「入れ替えるって……まさかロレッタ!?」

二つの『祭壇』──

その復活の対象を入れ替える──

それっていうのはつまり──

「……止めろ！　ロレッタ、止めるんだ！」

ロレッタのやろうとしていることの意味に気づいたおれはロレッタに飛びかかった。

しかし──

「サトル先生、邪魔《じゃま》しないでください！」

ロレッタが――あのロレッタが下の階で拾《ひろ》ってきたディアブロソードをおれに突《つ》きつけた。

「なっ……ロレッタ⁉」

「お願いですから……術が解《と》けるようなことは……しないでください――」

今まで見たことのないような顔だった。

悲痛《ひつう》でもあり、鬼気迫《ききせま》る表情でもあり――

そんな複雑《ふくざつ》な顔色のロレッタの目からは涙《なみだ》が流れていた。

「……ロレッ……タ」

おれはそれ以上、一歩も動けなかった。

ロレッタを止めることができなかった――

「これで完了《かんりょう》です……。地下迷宮《ちかめいきゅう》の『祭壇《さいだん》』とここにある『祭壇』の復活《ふっかつ》の対象を入れ替《か》えました。ユニスさんも雫《しずく》さんも、そして魔物《まもの》のみなさんも、たとえここで死んだとしても、地下迷宮の『祭壇』で復活可能です。死ぬのは――……死ぬのはわたしだけですみます……っ」

「そんな⁉」「ロレッタ、なぜそんなことを⁉」

雫とユニスが金切《かなき》り声を上げる。

「…………雫さん、ユニスさんをよろしくお願いします。ユニスさんならきっと……わたしの思いを引き継《つ》いで、立派な魔王になってくれる……と信じています」

「ロレッタちゃん……」「ロレッタ……」

二人とも言葉がないようで身を寄《よ》せ合い、うつむいている。

そして、おれも――

「サトル先生……すみません。勝手なことをして……」

こんなときだというのに謝《あやま》るロレッタ。

死ぬのは自分だと言うのに……。

「でも、これでたくさんの命を救うことができます。こんなわたしでも……世の中の役に立つことができます……。だから、だから――」

――そのとき。

地震《じしん》のような激《はげ》しい揺《ゆ》れが起き、天井《てんじょう》の一部が落下してきた。

「ロレッタ、危《あぶ》ない！」

おれはロレッタを抱《だ》きかかえ、階段《かいだん》のあるほうへ飛び退《の》いた。

直後、轟音《ごうおん》が響《ひび》き、瓦礫《がれき》が目の前に積み上がった。

同時に無数の悲鳴が――

雫の、ユニスの、魔物たちの叫《さけ》び声があたりに響き渡《わた》った……。

「雫！　ユニス！」

轟音《ごうおん》が鳴り止んだあと、背後《はいご》を振《ふ》り返ったが、そこには誰《だれ》もいなかった。

瓦礫《がれき》の山だけが積み重なっていて……。

「誰もいない？」

「みなさん、地下迷宮《ちかめいきゅう》の『祭壇《さいだん》』で復活《ふっかつ》した……のだと思います」

ロレッタが唱えた『転換《てんかん》の邪法《じゃほう》』が発動したらしい。

よく見ると——

部屋の奥《おく》に設置《せっち》してあった『祭壇』が落ちてきた瓦礫によって破壊《はかい》されていた。

……ロレッタのおかげだ。ロレッタが術《じゅつ》を唱《とな》えなければ今ごろ、ユニスたちは死んでいた。

でも、おれは——

とてもじゃないが、よかった、と言える気分ではなかった。

だってユニスたちが助かる代わりにロレッタは——

おれはたとえ死んでも助かる。

夢召喚《ゆめしょうかん》が解除《かいじょ》され、二度とこの世界に渡《わた》ることができなくなるが、命まで奪《うば》われるわけではない。だがロレッタは——ロレッタは助からない……。

「サトル先生……」

腕《うで》の中のロレッタと目が合った。

そして、その途端《とたん》——

わああああああ、とロレッタが泣き出してしまった。

「うう、サトル先生……サトル先生……サトル先生……っ」

「ロレッタ……」

「わたし……やっぱり嫌《いや》です……。うう、死ぬのは……死ぬのは嫌で……すよ……」

堰《せき》を切ったように涙《なみだ》があふれ出し、おれの手にもロレッタの涙がこぼれ落ちた。

……なんでだ。なんでロレッタが死なきゃならないんだ――

こんなにも頑張《がんば》り屋で、こんなにも他人に優《やさ》しくできる魔族《まぞく》の少女が――

どうして、どうして、どうして、どうして、どうして！

認《みと》められるかよ、そんな悲しい結末――

「――ロレッタ！　おれはまだ諦《あきら》めないぞ！　……いや、諦めてたまるか！」

叫《さけ》び、ロレッタを背中《せなか》に背負う。

そして――

目の前の階段《かいだん》を全力で駆《か》け下りた。

「助ける！　ロレッタはおれが必ず助ける！」

五十階から四十五階へ――

倒壊《とうかい》の予兆《よちょう》を感じながらもおれは足を前に進める。

時折、激《はげ》しい揺《ゆ》れが襲《おそ》ったが、おれは踏《ふ》ん張《ば》りを利《き》かせてそれに耐《た》えた。

「邪魔《じゃま》するな……邪魔するなよ！」

おれは上から降《ふ》ってくる細かな瓦礫《がれき》をディアブロソードで払《はら》いながら下に向かった。

四十五階から四十階へ――

最上階から一気に十階分の階段《かいだん》をおれは無心で駆《か》け下りた。

時間にしてどれくらいだろうか。

警告《けいこく》では倒壊《とうかい》まで数分ということだったが、あれから十分近くは経《た》っている。

もしかしたら警告は大げさなもので、実際には倒壊するまで数十分くらい余裕《よゆう》があるのかもしれない。いや、そもそも倒壊しないのでは？　……十階分もの階段を駆け下りたことで、心に余裕が生まれたのか、そんな楽観的な考えがおれの中に生じた。

だが――

四十階に到着《とうちゃく》し、さらに下へ、と思って階段に向かったおれの目に信じられない光景が飛び込んできた。

「そ、そんな……っ！　瓦礫で階段が――」

下に続く階段は瓦礫で完全に塞《ふさ》がっていた。隙間《すきま》を探《さが》すほうが難《むずか》しいほどに……。

「…………なんで……なんでこうなるんだよ！」

おれはロレッタを背負《せお》ったままディアブロソードを振《ふ》り回した。

ガキーン――

瓦礫を最強の剣《けん》でぶっ叩《たた》く。

だが目の前を塞《ふさ》いでいる瓦礫の量は途方《とほう》もなくて……。

ディアブロソードを振り回したところで、どうにもならなかった。

それでもおれは何度も何度も何度も瓦礫を剣で叩いた。

「……なっ⁉」

何度目かの大きな揺《ゆ》れ――

と同時に側《そば》の柱がこちらに倒《たお》れてきた。

「……う、うわあああああああ――っ」

叫《さけ》びながらロレッタを優先的《ゆうせんてき》に逃《に》がし、自分も身体《からだ》を捻《ひね》って倒れてくる柱を避《よ》けた。どうにか直撃《ちょくげき》は免《まぬが》れたが、手に握《にぎ》っていたディアブロソードが柱に持っていかれてしまい……慌《あわ》てて拾いにいこうとしたが、ぐらついた別の柱が最強の剣を押《お》し潰《つぶ》してしまった。

「……くそ、くそっ」

剣を失ったおれは――今度は素手《すで》で瓦礫を殴《なぐ》り始めた。

拳《こぶし》を握《にぎ》りしめ、殴る。殴る殴る殴る殴る――

右手に鈍《にぶ》い痛《いた》みが広がり、指から出血した赤い血が床《ゆか》ににじむ。

「サトル先生……止めてください。もういいです……もういいですから……」

「よくない！　何もよくない！」

「いえ……もういいんです。十分です」

ロレッタが小さな声で訴《うった》える。

ガーディアンが自爆《じばく》した四十階の壁《かべ》や床《ゆか》はところどころ焼け焦《こ》げていた。

「サトル先生……最後にいいですか？」

「最後とか言わないでくれよ……」

「でも、もうどうしようもありません」

ロレッタは冷静だった。

ただ声にいつもの明るさはない。

おれは……。

ロレッタと顔を合わせるのが恐《こわ》くて、下を向いていた。

「サトル先生と出会って、まだ数ヶ月ほどしか経《た》っていませんが、もう長い間、一緒《いっしょ》にダンジョン運営《うんえい》をやっていたような気がします」

「…………」

「父が死に、一人ぼっちになったわたしを助けてくれたサトル先生はまさに救世主《きゅうせいしゅ》でした。ゴーレムさん、スライムさん、ウルフのみなさん。そして敵《てき》だった覇王《はおう》先生も仲間に加わり、セシリアさんやサクラさんとも仲よくなることができて……ユニスさんと雫《しずく》さんとも、もっとお話したかったですけど……。でも、わたし――」

そこでロレッタが息を吸《す》い込《こ》むのがわかった。

それまで下を向いていたおれは思わず顔を上げてしまい、

「――わたし、この数ヶ月間、幸せでした。父が生きていたころと同じくらい幸せでした」

ロレッタは笑っていた。笑っていたけど――……でも、泣いていた。

満面の笑み、これ以上ないくらい幸せそうな顔で泣いていた。

「だから……サトル先生。笑顔でお別れしましょう」

「……そんなこと言うな、ロレッタ！」

まだだ！ まだ城《しろ》は崩壊《ほうかい》していない！ ロレッタは生きている！

「おれは諦《あきら》めない……最後まで諦めないぞ、ロレッタ……っ」

周囲を見回す。

なんでもいい、なんでもいいんだ。

この城から脱出《だっしゅつ》する方法を――誰《だれ》か、誰か教えてくれ……！

「…………あれは」

そのとき――

おれはスライムさんがドロップしたと思《おぼ》しき道具《どうぐ》袋《ぶくろ》を発見した。

「……何か……何かないか……」

中をまさぐるが出てくるのはお菓子《かし》、お菓子、お菓子。

――ってお菓子ばっかじゃねーか、あのクソスライム！

内心で文句《もんく》を言いながら、さらに中を探《さぐ》る。

だが見つかるのはお菓子。そしてお菓子。またお菓子――

「くそっ……」

おれは最終的に道具袋を逆《さか》さにして、中に入っているものを床《ゆか》に落とした。

お菓子以外に何か有用なものはないか……。

ダメだ……。本当にロクなものが入っていない。ガラクタばかりだ。

……これで終わりなのか？　終わってしまうのか？

おれはロレッタを……大事な人を守ることができないのか――……。

全てを諦《あきら》めかけていたそのとき、

「…………え」

おれの手にあるものが触《ふ》れた。

「…………これは」

ほんの一瞬《いっしゅん》の思考で、おれはある結論《けつろん》に達した。

いや、結論というか――これは仮説《かせつ》と呼《よ》んだほうがいい。

希望の持てる仮説だが、非常《ひじょう》に望みは薄《うす》く……。

上手《うま》くいくという保証《ほしょう》はどこにもない――

だけど、やらなければどのみちロレッタは死ぬ。

ならば――ならば選択《せんたく》する以外の道はない！

「ロレッタ……！」

おれは手に触れたものを持ち上げ、ロレッタに駆《か》け寄《よ》った。

残された時間はあとわずか――

間に合え、間に合ってくれ――

「よし、あとはこれを手に持って――っ」

「サトル先生……天井《てんじょう》が！」

「やばい！　伏《ふ》せろ、ロレッタ！」

おれは猫《ねこ》のように丸くなったロレッタの上に覆《おお》いかぶさった。

落ちてきた天井からロレッタを守るため――

そして、それはおれが咄嗟《とっさ》に思いついた仮説を実現《じつげん》させるためにも必要なことだった。

まもなく――

落下してきた天井がおれの背中《せなか》に直撃《ちょくげき》し――

同時に気を失った。

城《しろ》の崩壊《ほうかい》までもうあとわずか……。

結果がどうなるかは、目を覚ますまでわからない。

†

……。

………。

…………。


「…………う、ここは……」

暗闇《くらやみ》の中でおれは覚醒《かくせい》を果たす。

「あっ」

すぐに状況《じょうきょう》を把握《はあく》する。

見慣《みな》れた天井《てんじょう》——ここは居候《いそうろう》先《さき》である神宮寺《しんぐうじ》の部屋だ。

……ってことはおれ死んだんだな。

「そ、そうだ！　仮説通りなら近くに——って、身体《からだ》を起こせない!?」

なんだ、なんだ？　金縛《かなしば》りか？

身体がメチャクチャ重いんだが——

「…………はれぇ？」

もぞもぞ、っとおれの身体の上で動くものがあった。

猫《ねこ》や犬ではない。そもそも神宮寺《しんぐうじ》は動物を飼《か》っていない。

ってことはもしや――

「……ここは天国ですかぁ？　あ、あれ？　でも、どうして天国にサトル先生が……？」

「ロレッタ――よかった！」

おれは思わずロレッタを抱《だ》きしめてしまった。

温かくも柔《やわ》らかな肌の感触《かんしょく》が生を実感させる。

「ササササトル先生……⁉　どうしたのですか、急に⁉　というかここはどこですか⁉」

「あ、悪い、悪い……」

おれは慌《あわ》ててロレッタから身を離《はな》し、ソファーの上で向かい合った。神宮寺の部屋にはベッドが一つしかないのでおれはいつもリビングのソファーで寝《ね》ていて――だからこんな場所での再会《さいかい》となってしまった。まあベッドでも似《に》たようなものだけれど。

「あの、サトル先生？　一体、何がどうなっているのですか？」

「うん」とおれは頷《うなず》き、「まずここはロレッタたちが暮《く》らしている世界ではなくて、おれや神宮寺の故郷《こきょう》――地球という惑星上《わくせい》にある日本という島国の首都である東京という都市で、ここはおれが厄介《やっかい》になっている神宮寺《しんぐうじ》の部屋だよ」

「…………へ？　へ？　どどどどど、どうしてわたし、サトル先生たちが暮《く》らしている世界にいるのですか!?」

「それはね――これを使ったからなんだ」

と言っておれはロレッタの首にかかっているペンダントを手に取った。

「……あれ？　いつの間にこんなものが？」

「ユニス城《じょう》の四十階にスライムさんの道具袋《どうぐぶくろ》が落ちててさ。んで、その中に『スレイブペンダント』が入っていて、もしかしたら世界をまたいで効果を発揮《はっき》するんじゃないかと思って、最後の悪あがきに使ってみたんだ」

スレイブペンダントは『主』と『従』、二つのペンダントに分かれる。

このペンダントは、身につけた者同士が一定以上離《はな》れると、『従』のペンダントを身につけた側が『主』のペンダントを身につけた者の側へ即座《そくざ》にワープする性質《せいしつ》を持っている。

おれはこの性質を利用するため、『主』のペンダントを自分が持ち、『従』のペンダントをロレッタの首に提《さ》げた。

ただ通常《つうじょう》、現実と異世界間《いせかいかん》でなんらかのものを行き来させるとき、ロレッタに「移動《いどう》して」とお願いしないといけないのだが、最近、その手続きを省《はぶ》けるように「手に持つ」だけで移動が可能《かのう》になるようにロレッタに特殊《とくしゅ》な魔法《まほう》をかけてもらっていたのだ。

その魔法のおかげでペンダントと共に地球に生還《せいかん》することができたのである。

それからもう一つ……。

最後――

ロレッタの上におれが覆《おお》いかぶさったのは、自分が先に死ぬためである。

でなければペンダントを身につけた意味がない。

もっともそれは後付《あとづけ》で、咄嗟《とっさ》に身体《からだ》が動いた、というのが正直なところだけど。

「まさか世界をまたいで有効だとは思わなかったけど」

「はえー！　さすがサトル先生、大胆《だいたん》な発想です！　天才としか言いようがありません！」

「はは、それは言いすぎだって」

「……でも、本当に……本当に……ありがとうございます、サトル先生」

「うん。無事でよかった」

おれはロレッタの頭を優《やさ》しくなでた。

するとロレッタは、はうー、と幸せそうに目を細めた。

しばらくそんな時間が続いたが――

「あ、あの……サトル先生」

ふとロレッタが口を開いた。

何？　となおもロレッタの頭をなでていると、

「えっと、その……わたし、どうやって元の世界に帰れば……？」

「……………あー」

それは考えていなかったな。

おれは夢召喚《ゆめしょうかん》が解除《かいじょ》されてしまったから、異世界《いせかい》には渡《わた》ることができないわけで。

夢召喚は生涯《しょうがい》に一度だけ、という話だし……。

んー、んー、どうしよう？


夜が更《ふ》けていく——

おれにとっては日常《にちじょう》……だがロレッタにとっては地球で迎《むか》える初めての朝。

そんな当たり前のようで当たり前ではない日々が、もうまもなく始まろうとしていた。

エピローグ

十一月上旬——鹿子前学園《かしまえがくえん》の学園祭の日がやってきた。

「や、ホント、お前って女騎士《おんなきし》になるために生まれてきたような女だよな」

「……どういう意味よ？」

しかめっ面《つら》の神宮寺《しんぐうじ》が腰《こし》に差している剣を引き抜《ぬ》いた。

もっともそれは本物の剣ではなく作り物。咲良《さくら》さんが学園祭でのおれらのクラスの出し物であるファンタジーコスプレ喫茶《きっさ》用に作ってくれた片手剣である。まあ咲良さんも神宮寺も異世《いせ》界《かい》じゃ本物の剣を振《ふ》り回しているわけだが……。

「兄貴《あにき》ー、来たぞー」

「……こんにちは」

接客《せっきゃく》が一段落《いちだんらく》したころ、雫《しずく》と咲良さんがおれたちのクラスにやってきた。

うちの学園祭は二日あり、外部の人間が入れるのは二日目のみだ。

おれも神宮寺も昨日から交代で何度も接客《せっきゃく》に従事《じゅうじ》しているので、他人にコスプレ衣装《いしょう》を見られても照れはしなくなったが、やはり身内や知り合いに見られると恥《は》ずかしい。

「うわ、兄貴《あにき》、何その格好《かっこう》？」

「醜悪《しゅうあく》な容姿《ようし》に定評《ていひょう》があるオークだ」

「……顔だけ人間なのは不自然じゃ？」と咲良《さくら》さん。

「一応《いちおう》、頭にも被《かぶ》り物が用意されてんだけど、客が逃《に》げるから脱《ぬ》いだ」

「オークに接客させるのがそもそも間違《まちが》ってるよ、兄貴」

「たしかにそうだな……――って」

咲良さんの背後《はいご》から、銀髪の少女がひょっこり顔を出した。

その人目を引く容姿に、クラスメイトや他のお客たちの視線《しせん》が瞬時《しゅんじ》に集まる。

そんな中、少女が空気を読まずに、

「やはり覇王《はおう》先生は勇《いさ》ましい格好《かっこう》がよく似合《にあ》いますね！」

と言って神宮寺に駆《か》け寄《よ》るではないか……。


「「「……」「「「覇王先生!?」」」……」」」


ついいつもの癖《くせ》で言ってしまったのだろう。

ロレッタは目をパチクリさせ、周囲からの奇異《きい》の視線を不思議そうに受け止める。

「くっくっく、貴様、ついに正体を現《あらわ》したな！　女騎士《おんなきし》シングージ……いや、覇王よ！　まさか騎士団を隠《かく》れ蓑《みの》にしていたとは……さすがのおれも気がつかなかったぞ！」

「悪ノリしないでくれる⁉」

「こうなればおれも正体を晒《さら》す他あるまい……。ふふふ、おれは女騎士を貶《おとし》めることに情熱を燃《も》やすタイプの下衆《げす》なオークではない！　我《われ》の真の姿《すがた》を見よ！」

おれはオークの衣装を脱《ぬ》ぎ捨《す》て、その脱いだ衣装を神宮寺に投げつけた。

「ふはははは、ではさらばだ！」

「ちょ、ちょっと待ちなさいよ⁉　キミの当番はさっき始まったばかりでしょう⁉」

「……チッ、バレたか。ま、いいや……。ロレッタ、行こう！」

おれはロレッタの手を取り、廊下《ろうか》を駆け出した。

わわわ、とおれに引っ張《ぱ》られながらロレッタも走り出す。

「さて、三組がやってるたこ焼き屋台でも覗《のぞ》きに……——」

チラッと背後《はいご》を見ると、腰《こし》の剣を引き抜《ぬ》いた神宮寺が追いかけてきていた。

「サトル先生⁉　どうして逃《に》げているのですか⁉」

「あとで説明する！　今は逃げろおおお！」

ロレッタが日本にやってきて今日で一週間——

本日は鹿子前学園《かしまえがくえん》の学園祭の日。

そして、もう一つ、今日はロレッタとのお別れの日でもある。

「ロレッタ……寝《ね》ちゃったの？」

「ああ」

すぅ、すぅ、とおれの膝《ひざ》の上で寝息《ねいき》を立てるロレッタ。

場所は鹿子前学園《かしまえがくえん》の北校舎屋上《きたこうしゃ》——

少し肌寒《はだざむ》いのでおれのコートをその小さな身体《からだ》にかけている。

「きっと慣《な》れない地球での暮《く》らしに、疲《つか》れが溜《た》まっていたんだわ」

「ここ数日、外に出っぱなしだったし、今日もおれが校内中を連れ回したからなぁ」

地球には異世界《いせかい》にはないものがたくさんある。

テレビやスマホなんかを見てもまったく驚《おどろ》かなかったロレッタだが、自動車や電車、東京の高層《こうそう》ビル、そして人の多さにはさすがに驚いていた。

昨日などロレッタが新宿駅《しんじゆく》で迷子《まいご》になってしまい、探《さが》すのにえらい苦労した。

新宿駅は三つ星級《きゆう》のダンジョンです！　とはロレッタの言葉。

見知らぬ世界での未知の体験《たいけん》——

ロレッタにとって地球ですごした一週間は充実《じゆうじつ》した日々であったに違《ちが》いない。

「……ねえ？　成宮《なるみや》君、本当にいいの？」

「ん、何がだよ」

「ロレッタと離《はな》れ離れになってしまうことよ」

「……二人で散々話し合ったことだ。今さら結論を変えたりしない」

「でも、望めばいつだってあの世界に行けるのよ？」

それはそうだ――

当初、どうやってロレッタを元の世界に帰そうか、と悩《なや》んだおれだったが、解決策《かいけつさく》はすぐに見つかった。神宮寺《しんぐうじ》もしくは咲良《さくら》さんにおれが持っているスレイブペンダントを渡《わた》し、異世界に持ち込んでもらえばいいのだ。そうすればロレッタはあっちの世界にいつでも戻《もど》れる。

当然、おれも同じ方法であっちに行けるのだが――

その場合、夢召喚《ゆめしょうかん》ではなく、肉体ごと移動《いどう》することになり、夜寝《ね》ている間だけ異世界でロレッタを手伝う、というこれまでの形が崩《くず》れることになる。ロレッタはこれを是《ぜ》としなかった。

おれとしても睡眠《すいみん》を取らずにロレッタを手助けするというのは無理がある。

だからロレッタは元の世界に帰り――

おれは異世界には渡らないことにしたのだ。

ただしそれは、もう二度と、という意味ではない。

「……あ、わたし、いつの間にか眠《ねむ》って……あ、すみません！　サトル先生！」

目を覚ましたロレッタが膝枕《ひざまくら》に恐縮《きょうしゅく》し、身体《からだ》を起こす。

「ロレッタ、どうだった？　うちの学園祭は」

「あ、覇王《はおう》先生」とおれの隣《となり》にいる神宮寺《しんぐうじ》の存在《そんざい》に気づいたロレッタは姿勢《しせい》を正し、「とても楽しかったです！　自主性に富《と》んだ出し物がたくさんあって、活気もあって、魔界《まかい》の学校ではこんな体験は絶対《ぜったい》にできませんよ！」

「そう。それはよかったわ」

神宮寺が微笑《ほほえ》む。異世界《いせかい》の少女の絶賛《ぜっさん》を受けご満悦《まんえつ》のようだ。

うちの生徒会長だからな。外部からの評価《ひょうか》は気にするところだろうし。

「……地球に、日本に来て、今日の学園祭だけでなく、あちらの世界では目にすることができない卓越《たくえつ》した科学技術《かがくぎじゅつ》をたくさん見ることができました。まだまだ知りたいこと、経験したいことはありますが……でも、それも今日で最後ですね」

「ロレッタ」と神宮寺は神妙《しんみょう》な顔になり、「成宮《なるみや》君にも言ったけど、本当にいいの？　もう二度と会えなくなるかもしれないのよ？」

「……大丈夫《だいじょうぶ》です！　わたし……生涯《しょうがい》に一度しか効力《こうか》を発揮《はっき》しない夢召喚魔法《ゆめしょうかんまほう》を地球のみなさんがそうしているように、新しいものに改良して、もう一度、サトル先生を……わたしの手で召喚してみせます！　一ヶ月、いや、一週間で真・夢召喚を編《あ》み出してみせますよ！」

「そっか……。じゃあ、すぐに会えるね」

「はい！　その日を楽しみに待っていてください！」

「ああ……待ってるよ！」

そうして――

おれたちは笑顔で別れた。

ロレッタは泣かなかったし、おれも泣かなかった。

また会える――お互いにそう信じていたから……。

†

冬の到来《とうらい》――

寒さが本格化《ほんかくか》し、神宮寺と屋上で雑談《ざつだん》することはなくなったが……。

その代わり、登下校を共にするようになった。

神宮寺は道中、必ず異世界での出来事をおれに報告《ほうこく》してくれた。

地下《ちか》迷宮《めいきゅう》の防衛《ぼうえい》の指揮《しき》はロレッタが執《と》っていること。

スライムさんがまた悪徳商法《あくとくしょうほう》に騙《だま》されそうになったこと。

ウルフ軍団《ぐんだん》の新しいフォーメーションについて。

セシリアが調子に乗ってカレー屋の他《た》店舗《てんぽ》展開《てんかい》に乗り出していること。

咲良《さくら》さんがゴーレムさんと地下迷宮《ちかめいきゅう》のバイトリーダーの座《ざ》を争うことになった顛末《てんまつ》。立候補《りっこうほ》を取り下げたユニスが雫《しずく》と共に各地に眠《ねむ》る古代文明の研究を行っていること。

……話題は尽《つ》きなかった。

クリスマス、神宮寺《しんぐうじ》経由《けいゆ》でロレッタからケーキが届《とど》いた。

年末、年明け、そして冬休みが終わり、三学期が始まり……。

そうこうしているうちに春がやってきた。

おれは相変わらず神宮寺と登下校を共にしていた。

そのせいであいつら付き合ってるんじゃ？　という噂《うわさ》が校内に流れたが、神宮寺がそれをもみ消した。神宮寺の政治力はもはや学生レベルを越《こ》えており、それは異世界《いせかい》のダンジョン運営《うんえい》で学んだことが大きいようだった。

ただこのころになると、登校中の話題は異世界のことよりも現実《げんじつ》でのことのほうが多くなっていた。

神宮寺も報告《ほうこく》することがないのだろう。

そりゃそうだ。変わったことなんてそうそう起きるもんじゃない。

日本であっても、異世界であっても、それは同じだ。

タブーになっている話題もあった。

——一ヶ月、いや、一週間で真・夢召喚《ゆめしょうかん》を編《あ》み出してみせますよ！

最初の数日はおれも神宮寺も積極的にこの話題に触《ふ》れていた。

だがいつのころからか——たぶん年が明けたくらいからだろう。

お互《たが》い、まったく口にしなくなった。

実現の可能性《かのうせい》がどのくらいあるのか……。

おれには知る由《よし》もなかったが、もし順調に研究が進んでいるのなら、神宮寺から経過《けいか》報告があるはずで、それがないということは絶望的《ぜつぼうてき》なのかもしれない——

……そう思わざるをえなかった。

ロレッタに会いにいこう、励《はげ》ましにいこう……。

おれは何度もそんなことを思った。

スレイブペンダントの力を使えばいつでも会うことは可能だった。

しかし——

おれはそうしなかった。

ロレッタはおれに命を救われたこと、それによって夢召喚が永久《えいきゅう》に解除《かいじょ》されてしまったことに大きな責任《せきにん》を感じている。

——もう一度、サトル先生を……わたしの手で召喚してみせます！

ロレッタの言葉——決意。

それを思うと、スレイブペンダントの力を借りる気にはなれなかった。

安易《あんい》に顔を合わせるべきではないと思った。

おれは神宮寺《しんぐうじ》や雫《しずく》経由《けいゆ》でロレッタにエールを送り続けた。

自分にできることはそれくらいしかなかったから。


三月は卒業式——別れの季節である。

その後、春休みがやってきて……。

それが終わると四月、新学期が到来《とうらい》する。

一年生は二年生に、二年生は三年生に——

そして、うちの雫は中等部から高等部に、新一年生の誕生《たんじょう》である。


その日の夜——

リビングを出て廊下《ろうか》を歩いていると、パジャマ姿《すがた》の雫と遭遇《そうぐう》した。

「ん、お前、もう寝《ね》るの？　早くね？」

「明日、入学式だから」

「あ、そっか」

「兄貴《あにき》も早く寝なよ。最近、夜更《よふ》かしばっかしてんじゃん」

そりゃ、もう半年近く異世界《いせかい》に行ってないからな。

早く寝る必要ねぇし……。だから夜更かししてしまうのだよ。

でも、今日は神宮寺に買い物に付き合わされて、ヘトヘトだから早く寝る予定だ。

ったく……あいつ、急に呼び出したかと思えばこき使いやがって。

「兄貴?」

「ん、どうした」

「いや、元気ないなーと思って」

「……そうか?」

「そうだよ」

と言いながら雫がおれの背中《せなか》を気軽に叩《たた》く。

異世界《いせかい》での一件《いっけん》以来、おれたち兄妹《きょうだい》の関係は日に日によくなっていて、最近は一緒《いっしょ》に買い物に出かけることもあるくらいだ。

これも全て……ロレッタのおかげ。

ロレッタの勇気ある決断《けつだん》が、ユニスたちの命を救い、そして雫の価値観《かちかん》を変えたのだと思う。

「まー、すぐに元気出るよー」

「ん？　そりゃどういう意味だ？」

「あ、今のなし。――んじゃ！　私、明日早いからおやすみ！」

雫《しずく》はしゅたっと敬礼《けいれい》したのち、自分の部屋に駆《か》け込《こ》んでいった。

「なんだ、あいつ。……ふあーあ。ま、いいか」

今日は疲《つか》れた。おれもさっさと寝《ね》よ。

†

ベッドに寝転がり、目を瞑《つむ》る。

半年前までは眠《ねむ》りにつけば必ずあの世界に渡《わた》ることができた。

しかし、今はそれがない……。

目が覚めたとき、瞳《ひとみ》に映《うつ》るのは寝る前と同じ自室の天井《てんじょう》。

……おれはあの場所に戻《もど》ることができるのだろうか。

いつになれば――ロレッタにまた会うことができるのか。

それとも、もう二度と――

……。

…………。

…………。

「——おおおぉ！　成功《せいこう》っす！　成功っすよおおお！」

…………………んんん？

妙《みょう》な感覚——

眠っているような、起きているような、そんな不思議な……。

「ウホッ！　ウホッ！　ウッホッ！」

「「「「ウガアアアアアアア！」」」」

謎《なぞ》のウホウホ声と、獣《けもの》らしき咆哮《ほうこう》——

目を開けるとそこには——

「久《ひさ》しぶりですわね、成宮《なるみや》さん」

「……私はたまに現実で会うけど……」

セシリアと咲良《さくら》さんがおれを上から見下ろしていた。

……二人ともパンツ見えてるぞ。

そんなことを思いながらおれは腰《こし》を上げる。

「にっひっひー、兄貴《あにき》ー。早く寝《ね》て正解《せいかい》だったっしょ？」

「お久しぶりです……お兄さん」


今度は雫《しずく》。その隣《となり》にはユニスもいた。

…………はは、こいつの謎《なぞ》発言はこういうことだったたか。

知ってやがったんだな。今夜のこと。

おれは懐《なつ》かしい場所に立っていた。

地下迷宮《ちかめいきゅう》の玉座《ぎょくざ》の間——

目の前にはスライムさん、ゴーレムさん、ウルフ軍団《ぐんだん》、セシリア、咲良さん、さらには雫とユニスまでいる。

「さ、感動の再会《さいかい》っすよー！」

前を塞《ふさ》いでいたスライムさんたちが左右に分かれ、道を開けた。

奥《おく》には玉座が見える。

そして――

そこにはよく見た顔の二人が……。

「正直、私はキミの顔、見飽《みあ》きているから、感動なんてないのよね」

まずメイド服姿《すがた》の神宮寺《しんぐうじ》が偉《えら》そうに腕組《うでぐ》みしたまま近づいてきた。

感動なんてない、とは言っているが、優《やさ》しげな笑顔を浮《う》かべていた。

「……昼間、おれを呼《よ》び出してこき使ったのは、早く寝てもらうためか……」

「さあ？　どうかしら？」

「……止めてくれよ、こういうの」

「ちょ、ちょっと成宮《なるみや》君……泣いているの？」

「泣くに決まってんだろうが！　こんなことされたら！」

嬉《うれ》しすぎるだろ、こんなドッキリ！　つーか、毎晩《まいばん》、やってくれ！　大歓迎《だいかんげい》だ！

「――サトル先生」

すぐ側から声が聞こえる。

涙《なみだ》で前が見えないおれは慌《あわ》ててシャツで目を拭《ぬぐ》った。

すると——

最後に会ったときよりちょっぴり成長し、髪《かみ》の毛が伸《の》びたロレッタが目の前にいた。

ロレッタは別れたときと同じ飛び切りの笑顔を浮《う》かべると、

「サトル先生！　おかえりなさい！」


そう言っておれの胸《むね》に飛び込《こ》んできた。

「ただいま、ロレッタ……」

おれは声にならない声を発し、小柄《こがら》な少女を抱《だ》きしめた。

再会《さいかい》できてよかった。

本当に……本当によかった——……。

もう会えないと思っていたから。

半分、諦《あきら》めかけていたから。

「ロレッタ……」

「サトル先生……」

見つめ合う二人――

そして――

「あー、場の雰囲気《ふんいき》をぶち壊《こわ》すようで恐縮《きょうしゅく》っすけど、実は今日は加護《かご》中毒者《ちゅうどくしゃ》向けのツアーが組まれているみたいで、総勢《そうぜい》二百名に及《およ》ぶ加護中毒者が地下《ちか》迷宮《めいきゅう》にやってきてるんすよねぇー」

再会を喜び合っていると、スライムさんが遠慮《えんりょ》がちに現状報告《げんじょうほうこく》を行った。

「団体《だんたい》さんのお越《こ》しか……」

そりゃ――

「歓迎《かんげい》してやんないといけねぇな！　ロレッタ、防衛《ぼうえい》の準備《じゅんび》だ！」

「はいです！」

ロレッタの元気のいい返事が玉座《ぎょくざ》の間にこだまする。

それに続いてみんなの声も響《ひび》き――

おれたちの戦いが……。

異世界《いせかい》での日常《にちじょう》が再《ふたた》び幕《まく》を開けた。

――THE　END.

あとがき

十代の頃《ころ》、RPGを貪《むさぼ》っていた時期、気に入ったゲームが見つかると寝食《しんしょく》を忘れてゲーム世界に没頭《ぼっとう》し、生活がそのゲームのためにある、というほどハマり込んで、遊びまくり、そしてついにラストダンジョンを迎え「ああ、終わってしまうのか……」と落胆《らくたん》する。

毎度そのパターンでした。

まあ逆に「もういいか」とラスダン手前で止めてしまうゲームもあったりしましたけど。唐突《とうとつ》に冷めちゃうパターンですね。あれはなぜなのか……。

ゲームに限らず、気に入ったものに触れるとやはり終わってほしくないと思うもの。惜しまれつつ終焉《しゅうえん》を迎える、という形はやはりクリエイターにとって理想的です。

この「ラストダンジョンへようこそ」という作品も、読者のみなさんにとってそういう作品であってほしいな、と心の底から願っております。……はい。

というわけで「ラストダンジョンへようこそ3」でした。

本シリーズはこの三巻で一区切りとなります。今のところ続刊の予定はありませんが、読者のみなさんの応援があれば、もしかしたら……といった感じです。

何はともあれここまでお付き合いくださいましてありがとうございます!

また担当編集の三木《みき》さん、土屋《つちや》さんにも感謝を。お二人がいなければこのシリーズは完成しませんでした。こういうときくらいしか「ありがとう」を言っていないような気がしますが、照れ屋だから仕方ありません（本当かよ）。

さらにさらに鮮《あざ》やかなイラストまで、頂《いただ》いたイラストで本文を引き立ててくださって町村《まちむら》こもりさん。毎巻、ラフから完成イラストまで、頂いたイラストを眺めるのは至福《しふく》の時間でした。お疲れさまです！

またこの作品に直接的、間接的に関わった全ての方に感謝を！

現在、次なる新作を準備中です。

また機会がありましたらお会いしましょう。

二〇一五年三月月上旬　周防《すおう》ツカサ@だいぶ暖かくなりました。

◉周防ツカサ著作リスト

「インサイド・ワールド」（電撃文庫）
「ユメ視る猫とカノジョの行方」（同）
「ラキア」（同）
「ラキアII」（同）

「BITTER × SWEET BLOOD」（同）
「BITTER × SWEET BLOOD/CANDY COLORED」（同）
「らでぃかる☆ぷりんせす！」（同）
「らでぃかる☆ぷりんせす！せかんど」（同）
「らでぃかる☆ぷりんせす！さーど」（同）
「ギャルゲーマスター椎名」（同）
「ギャルゲーマスター椎名2」（同）
「ギャルゲーマスター椎名3」（同）
「レトロゲームマスター渋沢」（同）
「レトロゲームマスター渋沢2」（同）
「レトロゲームマスター渋沢3」（同）
「完璧なレベル99など存在しない」（同）
「完璧なレベル99など存在しないⅡ」（同）
「完璧なレベル99など存在しないⅢ」（同）
「完璧なレベル99など存在しないⅣ」（同）
「ラストダンジョンへようこそ」（同）
「ラストダンジョンへようこそ2」（同）
「ラストダンジョンへようこそ3」（同）

本書に対するご意見、ご感想をお寄せください。

電撃文庫公式ホームページ 読者アンケートフォーム
http://dengekibunko.dengeki.com/
※メニューの「読者アンケート」よりお進みください。

ファンレターあて先
〒102-8584　東京都千代田区富士見1-8-19
アスキー・メディアワークス電撃文庫編集部
「周防ツカサ先生」係
「町村こもり先生」係

本書は書き下ろしです。

電撃文庫

ラストダンジョンへようこそ3

周防《すおう》ツカサ

発　行　2015年5月9日　初版発行

発行者　塚田正晃
発行所　株式会社KADOKAWA
〒102-8177　東京都千代田区富士見2-13-3
プロデュース　アスキー・メディアワークス
〒102-8584　東京都千代田区富士見1-8-19
03-5216-8399（編集）
03-3238-1854（営業）
装丁者　荻窪裕司（META＋MANIERA）
印刷・製本　旭印刷株式会社

ISBN978-4-04-865114-1　C0193　Printed in Japan

電撃文庫　http://dengekibunko.dengeki.com/
株式会社KADOKAWA　http://www.kadokawa.co.jp/

電撃文庫創刊に際して

文庫は、我が国にとどまらず、世界の書籍の流れのなかで〝小さな巨人〟としての地位を築いてきた。古今東西の名著を、廉価で手に入りやすい形で提供してきたからこそ、人は文庫を自分の師として、また青春の想い出として、語りついできたのである。

その源を、文化的にはドイツのレクラム文庫に求めるにせよ、規模の上でイギリスのペンギンブックスに求めるにせよ、いま文庫は知識人の層の多様化に従って、ますますその意義を大きくしていると言ってよい。

文庫出版の意味するものは、激動の現代のみならず将来にわたって、大きくなることはあっても、小さくなることはないだろう。

「電撃文庫」は、そのように多様化した対象に応え、歴史に耐えうる作品を収録するのはもちろん、新しい世紀を迎えるにあたって、既成の枠をこえる新鮮で強烈なアイ・オープナーたりたい。

その特異さ故に、この存在は、かつて文庫がはじめて出版世界に登場したときと、同じ戸惑いを読書人に与えるかもしれない。

しかし、〈Changing Times,Changing Publishing〉時代は変わって、出版も変わる。時を重ねるなかで、精神の糧として、心の一隅を占めるものとして、次なる文化の担い手の若者たちに確かな評価を得られると信じて、ここに「電撃文庫」を出版する。

1993年6月10日
角川歴彦

電撃文庫

ラストダンジョンへようこそ
周防ツカサ
イラスト／町村こもり

ダンジョンの最奥に召喚された少年・サトル。彼は気弱な魔王の娘・ロレッタを守るため、迷宮の王《ダンジョンマスター》として魔物と罠を駆使し、強欲な冒険者どもを駆逐する……！

す-8-20　2787

ラストダンジョンへようこそ2
周防ツカサ
イラスト／町村こもり

《覇王》を打倒し、迷宮も当分安泰——と思いきや！　スライムさんが資金を横領して一気に経営難に!?　しかも人間の世界の組織『教会』が怪しい動きを見せ始め——？

す-8-21　2877

ラストダンジョンへようこそ3
周防ツカサ
イラスト／町村こもり

ロレッタたちの『最終迷宮《ラストダンジョン》』の隣に突如現れたもう一つのダンジョン。それはロレッタを敵視する魔族の少女・ユニスと、それに加担するある人物の仕業で——!?

す-8-22　2927

レトロゲームマスター渋沢
周防ツカサ
イラスト／彩季なお

学級委員長、早坂ちひろ。不良生徒・渋沢を監視していた彼女だが、いつの間にやら『レトロゲーム』の虜に……？　師匠渋沢と委員長のゲームラブコメついに文庫化!!

す-8-13　2172

レトロゲームマスター渋沢2
周防ツカサ
イラスト／彩季なお

ゲームによって堕落の一途をたどる天然堅物委員長・早坂ちひろ。ついに彼女は自分の進路にゲーム業界を見据え始め!?　ゆるゆる青春『レゲー』ラブコメ第2弾!!

す-8-14　2257